輕世代
FW039

青燈 壹

日京川 著
kiDChan 繪

青燈

喜歡葡萄汁，住在主角的打火機裡
（外面那種買菸會送的10塊錢打火機）
很正經，有很多古老的知識，但是沒有常識。
敬語熱愛者，但是對人類單位不會使用敬語。
很堅持要主角負起傳承青燈的責任，因為她的燈被主角弄熄了。
特技：鬼壓床。（咦？）
穿著最大特色是有一對很長的煙袖，手基本上都藏在袖子裡，
袖尾會有如煙般飄散的感覺，所以稱為煙袖。
正常規格是160cm、48kg
身材很纖細，不過因為可隨意變換身型大小的關係，身高什麼的其實也就不那麼重要了。

左安慈

幼時親眼目睹爺爺被青燈帶走，得知自己有妖怪的血緣，
從此開始追尋青燈的影子。
看得到、聽得到也摸得到「那邊」的事物，為人低調（盡量啦），
在某天好不容易見到青燈之後，意外觸發了青燈傳承的儀式，
於是開始悲慘的……呃不…快樂的普渡眾妖的生活。
常被誤認為女孩子，國中時代被告白的次數高達上百次，
因為這樣的緣故所以十分會打架，有著外表看不出來的氣力。
專長：古舞（雖然主角自己覺得這是很娘的技能，但很殘酷的，這是他學得最好的專長……）
特技：一個人吃完二十盤烤肉後對老闆說：「我還要再吃十盤。」

梁佑祥

天賦異稟的異界絕緣體，絕緣力比塑膠還猛，
但同時卻會莫名奇妙的把怪吸回宿舍，吸力媲美當今最強大的磁鐵。
反應遲鈍（指對怪事的反應上），絕對的無鬼神論者，
滿口科學科學但其實他的相關學分全部都面臨重修危機，媲美紙妖的白目。
專長：遊走於二一邊緣。
特技：幾乎每科都在期中考出59分的分數，然後在期末考出95分的成績。

青燈

日京川 著
kidchan 繪

青燈・楔子

人死　鬼使取之
妖死　青燈一盞足矣

小時候，爺爺曾對我這麼說過，那時，我還不明白什麼是生死，因為這兩個字一個離我太近，一個又離我太遠，但是爺爺的那番話，我始終記得。

那是一個灑滿了月光的晚上，鄉下地方的，月光特別明亮，晚飯過後，我就跟爺爺來到了院子，他乘涼，我嬉戲。

『小慈啊……』爺爺乾瘦的手摸著我的頭，雙眼溫暖的看著正在玩陀螺的我，『爺爺馬上就要走了，跟你說件事情好不好？』

『嗯？』我覺得有些困惑，『爺爺你要去哪？不陪小慈了嗎？』

『爺爺要去很遠的地方，沒辦法繼續陪小慈了……』爺爺的眼神望向遠方，不知何時，霧氣瀰漫了整座小院，而我卻渾然不覺，只專心的看著爺爺，『唉，真是捨不得啊，你才這麼點大呢……』

『爺爺，不要走嘛，你走了誰陪小慈玩呢？』

『乖，小慈知道嗎？人死之後啊，會有鬼差前來引路，領著人們去應該去的地方，』爺爺的聲音低了下去，神色複雜的看著霧氣中慢慢出現的一絲微光，『而妖怪死掉之後啊，也會有差使負責來引路……』

『妖怪？』我呆了呆，順著爺爺的視線看了過去，那道光慢慢靠近了這裡。

『對，妖怪，為死去的妖怪引路的差使，我們有一個特別的稱呼，』爺爺說，拍了拍我的頭，一手指著那道朦朧的光，『那就是青燈。』

像是要回應這句召喚似的，那道青光靠了上來。

『爺……』一個嬌麗的人兒踏著雲霧而來，水袖如煙浪飄渺，額頭有角，她持著一根小杖，杖端掛著燈，那青光就源自於這杖上燈，『爺，您該走了。』

『真是麻煩妳了，青燈……』

『沒的事，這是青燈該做的。』就著青燈的光，麗人說，然後在我瞪大的雙眼下帶走了爺爺。

青燈。

這是我第一個知道的妖怪的名字，也是從那天開始，我才知道原來我看到的那些長得很奇怪的「大朋友」們，叫做妖怪。

還有就是，原來爺爺他……也是妖怪……

那我呢？

我也是妖怪嗎？

爺爺在那之後就隨著青燈消失了，父親跟母親似乎都明白這是怎麼回事，大家都閉口不談，只有我不明白，那些長相奇特的「大朋友」們什麼都不告訴我，只說著要等我再大點，要等我有能力保護自己的時候才能對我說。

所以我乖乖的安靜了下來，期待「長大」。

那一年的生日願望我記得很清楚，那就是，我想找到青燈，然後我要問她，爺爺過得好不好……

青燈・之一　紙妖

生若浮雲　死如塵煙
唯燈　一盞長存

「步履如煙，煙袖為手足，持青燈，行必有雲霧相伴……」我念著書中那段文謅謅到我差點舌頭打結的句子，頭有點痛，「為什麼就不能講得白話點呢？」不覺得白話文比這種念起來會打結的句子親切很多嗎？

我皺著眉頭將書拿在手上，繼續往下一個書櫃找可能會有我想要的資料，林子大了什麼鳥都有，同理可證，圖書館大了什麼奇怪的書都會有。

雖然我會來圖書館並不是為了找這類資訊的，但既然都來了，順便翻一下也不錯……

「安慈？你好了沒啊？」突然，我的同伴從隔壁櫃探出，看到我在翻這櫃的東西，他明顯吃驚了一下，「你在找什麼啊？這裡都是些怪力亂神的東西耶，你信喔？」

梁佑祥，我的室友兼換帖好兄弟（他自稱的），打從上大學開始住宿舍之後我跟他就像被孽緣黑線給牢牢綁死一樣，房間怎麼抽都抽到同一間，同間就算了，如果是兩人以上的宿舍房間，我跟他座位肯定就是在隔壁，床位則永遠都是一個上鋪一個下鋪……

我們學校是那種機車到要一學期換一次宿舍的，還可以孽緣成這樣實在是……

這傢伙最大的特色就是，對另外一個世界完完全全絕緣，好比說現在，正巧有個紙妖對他的出言不遜感到不悅，在他面前正齜牙咧嘴地耍狠作勢要吞了他（這裡齜牙咧嘴只是影射，它只是變成全開大小想把阿祥包進去而已），如果是一般人至少會覺得背脊有點涼，可換成他卻是連個雞皮疙瘩都不會起。

更糟糕的是，阿祥雖然自己沒有感覺，卻能很完美的讓那個世界「感覺」到他，也就是會三不五時的「撞」到幾個妖啊什麼的而毫無自覺。

絕緣體當成這樣，肯定是種另類的天賦。

我不著痕跡地揮開那個紙妖，在心裡跟它賠了幾個不是，「阿祥，講話要留點餘地，有些東西雖然不見得每個人都相信，可還是存在的。」我有點苦口婆心的說，不過這小子似乎完全沒有體會到我的好意。

「拜託，你認識我多久了啊?不信的東西就是不會信啦~」阿祥隨手揮了揮，一臉好笑，完全不知道他的手剛好把紙妖從這邊巴過來再從那邊搧過去，「我說安慈，現在都什麼時代啦，你如果說要我相信有外星人那也就算了，妖魔鬼怪這種騙小孩子上床睡覺的東西就免了如何？」

他燦爛笑了幾下，大力的拍了拍我的肩膀，才剛被我安撫好的紙妖立刻咻的一聲竄開，鑽進了阿祥手上的書裡。

見狀，我只能大大嘆口氣。

有兩個字可以很完美的形容我這個室友，那就是「白目」。

我大概可以猜到那個紙妖想幹嘛，大概是類似讓阿祥的指頭被紙割傷之類的，可惜紙妖的小小報復不會成功，因為我這個室友不但是白目，還是強運的白目。

也許是因為他堅信「無妖」的意念太強大，強大到化成一種護身的言靈了，就算妖真的想對他做什麼，最後都只能得到最微乎其微的效果。

結果阿祥的確是被紙割到了，不過只割到他指頭上彈吉他練出來的繭……

「哎呀?什麼時候割到的?一點感覺都沒有耶!」

繭是死皮，割下去有感覺那才叫糟糕吧？
看著自己指頭上的小痕，阿祥在我們踏出圖書館後如此後知後覺的驚呼，「太神奇了，今天要去買樂透！」
同學……這種事情並不是買樂透的好預兆好嗎……
「啊！安慈，中餐乾脆買麥當勞回去吃怎麼樣？書都借好了，我想趕快把這個行銷報告搞定，」阿祥嘀咕著看著自己的手錶，一臉想快點回宿舍的樣子，「老實說，我一頁PPT都還沒做咧……」
啥米？
「一頁都沒動？」
「沒動。」
「你死定了。」我斷言，因為這報告又臭又長，而且重點是，「這明天早上就要交了。」
「不會啦！老子鴻運搏天，沒事的！」
「先說，我不會幫你的。」
「就算我請你吃麥當當？」
「不幫。」一客麥當當就想打發我？想得美。
「那附帶晚餐，佑祥專業宅配晚餐服務，保證準時送上門，如何？」他賊笑地看著我。
很好，相處這麼久了，這傢伙真的非常知道我的弱點，而我該死的心動了。
「餐點任我選？」

「沒錯。」
「接受加點嗎？」我要宵夜。
「沒問題！」
「好吧，既然這樣那麼就看在我們當了一年多的室友的分上，」為了晚上美好的食物跟宵夜，我不爭氣的妥協了，「就稍微幫你一把吧，噢對，我要雙層大麥克，飲料薯條都加大，謝謝。」

我們走進麥當勞買好餐，然後又繞出去買了一份鹽酥雞之後才回到宿舍。
回到房間開始分贓，阿祥似笑非笑地將我那份麥當勞餐點遞過來，「安慈，你今天終於達成了百人斬了，恭喜啊！」他曖昧的看著我，是男人的都知道這個「百人斬」在暗示什麼。
但是……「什麼百人斬？」雖然有點難啟齒，但在下還是個處男，別說百人斬了，連開光都還沒有過。
「就是剛剛幫我們點餐的那個小弟啊，」他興高采烈的扳著手指，「打從認識你那天起我就開始幫你算了，剛剛那個點餐小弟，看那個反應跟舉止還有眼神，絕對就是第一百個煞到你的人！啊哈哈！我梁佑祥的好兄弟果然就是與眾不同啊！」
相對於他笑得開懷陽光，我的臉色應該是暴風雨前的陰鬱。
「……你的意思是我很娘？」娘到讓人誤會我是女的然後煞到我？
「哎呀，說什麼『娘』，這太難聽了，安慈你再怎麼說也應該要用美人來形容啊，噗、啊哈哈哈，要慶祝要慶祝，我看看，標題就叫做『賀！左安慈百人斬達成！』啊哈！這太帥了！」

啪嘰。

腦中好像有個微妙的線斷掉了。

是，我的臉是長得偏向秀氣，頭髮也長了點（因為我跟阿祥都懶得去剪），甚至在小時候還因為一些特殊原因，我一直被當作女孩子養大直到我上小學為止，為了讓所有人都覺得我是女孩，還把我送去學了古舞，所以在舉止上可能會有點過於柔和。

說好聽點叫優雅，但一個大男人要這種優雅幹嘛？

儘管小時候被當女孩養，但這並不代表長大之後的我會欣然接受被人誤會成女生，雖然這種事情因為先天長相跟後天教育太過成功而常常發生。

事實上，在我國中那段比較叛逆的求學時代裡，舉凡說我娘、像女孩子或是直接拿花拿禮物來跟我告白的，全都被我揍到他爸認不出來為止。

當然啦，現在長大了修養也變好了，而且一般來說，看得懂臉色的人通常會很識相的不在我面前提到關於我這「秀氣臉孔」的事情，除了眼前這個白目。

「阿祥……」我臉色陰沉，身邊的氣溫頓時降了好幾度，「我問你，我走路有內八嗎？」

「呃，沒啊。」

「那是我隨時比蓮花指？」

「也沒啊。」

「那你給我說清楚，我他×的到底娘在哪！」我一把將某人的衣領扯過來，頂天立地的怒吼響徹雲霄，如果不是因為隔音良好，也許整個宿舍都聽得到。

「咳，安慈，你別激動嘛，我想一下喔，」阿祥眼睛亂飄的想啊想，然後突然一捶掌心，「啊！我知道了！」

「知道啥？」

「是氣質啦！對、就是骨子裡的那種氣質！安慈，有沒有人說過你走起路來很有古典美人的風範啊？」

「……」

「呃、安慈？」

「去死！」

我強力的憤怒之拳對某人造成了致命一擊，過量擊殺確定。

隨手將頭髮紮起，我一邊啃著大麥克一邊看著電腦開始製作PPT，跟躺在旁邊暈倒裝死的那個傢伙不一樣，這份報告我只剩下最後幾項結論部分了，搞定之後再去幫那個白目的忙，一個下午應該做得完。

手上編輯著，我腦子想的卻是別的事情。

其實，自從爺爺「消失」之後，父母就開始有意無意的跟我提及關於另一個世界的事情，以及為什麼要小時候把我當女孩子養，似乎，我們家的男童都必須偽裝成女孩子才能平安長大，就這點而言，我在國中的時候曾經相當認真的問過父親。

『爸，』我的語氣很嚴肅，『我有個疑問藏在心裡很久了，你一定要老實回答我。』

『什麼問題？』

『你小時候也被當成女孩子養過嗎？』

『……有些事情知道就好，用不著明說吧？』說出來尷尬。

所以是有囉？

於是，我伸出手來，似笑非笑，『照片。』你知道的，沒圖沒真相。

『……沒有那種東西。』老爸別過頭，然後我聽到了母親的竊笑從後方傳來……

……其實我懷疑老媽是腐女很久了，不過這點不重要，先跳過。

是說，體內流有「那邊」的血其實沒有想像中的困擾到哪裡去，日子照樣過，只要奉行「低調低調再低調」的原則，基本上不會有太大的問題產生，是會看到很多亂七八糟的東西沒錯，可這種東西習慣了就沒什麼了。

平心而論，妖異之物沒事是不會跟人起什麼天大的衝突的，比較跟人有激烈擦撞的通常都是鬼神或是魔類，妖物比較常幹的事情是惡作劇。

好比說把我的頭髮綁成雙馬尾。

「喂，別太過分，」我回頭瞪了瞪那只跟著阿祥回來的紙妖，阿祥的體質真的很怪，老像磁鐵一樣把本來定在某處的妖給吸回宿舍，「讓你不高興的是他不是我啊，你搞錯捉弄對象了吧？」

紙妖沒有嘴，不會說話，但它是張紙，可以顯字給我看：『他沒醒，不好玩。』它這麼寫，然後追加：『我悶很久了。』

……是說我就好玩了嗎？

「算了，隨便你，我要做報告了。」大概是在那個圖書館窩太久，難得有人把它帶出來透氣，想玩就讓它玩吧。

我將注意力重新放到電腦螢幕上，然後，一個想法閃過心頭，「喂，你會看書嗎？」突然，我衝著它問。

『寫在紙上的，都看。』它寫道。

「那你知道青燈嗎？」我抽出那本從圖書館借來的書，翻到相關描述的那頁，「就是這裡寫的這個青燈。」

那紙妖沉默（空白？）了一下，黑色的字跡慢慢浮現，『是妖，都知道青燈。』

我的心跳快了一拍，「那你知道怎麼找到青燈嗎？」

『？』一個特大的問號占滿了紙妖的頁面。

「就是聯繫上青燈的方法，你知道嗎？」

『死了，青燈自己會來，不用找。』

很好，又是這個一千零一個答案，從小到大我問了無數的妖，每個都是這種回答，我懊惱的將書放回桌上，「當我沒問吧。」

其實我自己也不知道為什麼會那麼執著的想要找到青燈，對還沒活夠的妖物來說，它們可是巴不得青燈永遠別來，所以就算我誠心誠意的發問了，也不會有妖大發慈悲的幫我找。

連認識許久的朋友都不一定會為了你去跟無常泡茶，何況是要一個素昧平生的妖去幫你找青燈呢？

『你想找青燈？』

嚇！

突然，我的電腦前出現一張A4紙，直接蓋住了螢幕的大半面積，上頭浮現這幾個字。

『你想找青燈。』

另一張紙貼過來，這次變成肯定句了，不過又花掉我一張A4。

是說……你難道不能節約點用嗎？一句話就用掉我一張紙，你怎麼不像剛剛那樣寫在自己身上啊？

我有些惱的看向紙妖，「別這麼浪費，我等等還要這些紙印報告的。」我說，但事實證明，妖的特性就是你越不喜歡就越要亂，就某種角度上來說，妖物們也是白目的。

你

想

找

青

燈

O

……

我靠！有沒有搞錯？「五個字你居然用了六張！」而且每個字都橫在正中央用最大字級顯示，最後一張甚至只有一個超大的句號，我哭笑不得，「對啦，我想找青燈，你要幹嘛啊？」

『我可以幫你。』

啊？

幫我？「怎麼幫？」

『我可以讓你看到青燈。』

「真的假的？」我大驚，這可是我第一次遇到有妖說可以幫我，當下，我有些激動的捏住那張紙，「怎麼做？」

『我快死了。』很簡單的四個字浮現在紙妖身上，讓我徹底呆掉，同時也領悟了它所說的可以讓我見到青燈是什麼意思。

「呃……恕我冒昧，但你看起來很、很ＯＫ啊？」我看著手上的紙張，嗯，說實在話，你真的很難判斷一張紙到底是活的還是死的還是快死的……

『我』『快』『死』『了』『。』

五張紙從紙妖身後噴出來。

……你一定要浪費我的紙才開心嗎？

不過，如果它寫的字是真的，那麼給它多玩幾張也沒關係，「你知道自己的死期？」

『妖都知道。』它答。

這讓我想起跟爺爺在一起的最後那個晚上，似乎，妖對於自己的死期有種特別的預感，這原理搞不好跟動物的危機預知差不多，不是有個研究是說老鼠跟貓會提前逃離即將發生災難的地方嗎？

不過這種預感得建立在自然死亡身上，畢竟，就算是預知了數次地震的貓也沒辦法知道下一秒會不會有輛車衝出來把自己給撞了。

所以這張紙……「你……要壽終正寢了？」不知道這樣的描述對不對，我手中的紙突然變得皺巴巴的。

『今天晚上，青燈會來。』皺皺的紙上草草撇了這幾個字，寫完之後紙妖就掙脫了我的手捲成一團紙團滾到一邊去了。

啥？今晚？？

我錯愕了，你的「快死」會不會太快啊？

『幫我謝謝那一位。』突然，紙妖沒頭沒腦的又浪費掉我一張A４，『他把我帶出來，謝謝，我很久沒出來了。』更正，是兩張。

這一瞬間，我有點懂了，這只妖願意幫我讓我有機會看到青燈的原因，雖然只是順水推舟而已，但不是每個妖怪都願意這麼幫個過客，就算是最後一個過客也一樣。

對妖來說，每個人都是過客。

看著滾到一邊的紙團，想到它今天晚上就要往生去，心底還是有點同情，可我長這麼大還沒學過怎麼安慰一團正在感傷的紙，所以……也只能隨它去了。

後來我多拆了一包A4影印紙給它玩，這才讓它從皺巴巴的紙團狀態恢復成普通紙張的模樣。

而阿祥這小子醒來之後，看到紙妖寫的滿地荒唐言，他一把鼻涕一把眼淚的搭著我的肩膀，「安慈，報告太難了嗎？你壓力有大到要打字印出來洩憤？墨水很貴的，別虐待自己荷包啊！」

……你要說的只有這個嗎？

也許，這是跟阿祥同寢的另一個好處。

至少我不用絞盡腦汁的去想藉口來解釋在我身邊「偶爾」發生的怪事。

下午就在兩人瘋狂趕報告的狀態下過去了。

在A完一頓晚餐過後，這份天殺的報告總算是在十點的時候搞定了，我只能說，把三天份的工作量濃縮到一下午的結果就是累到差點吐魂。

這種情況下如果只跟阿祥A一頓晚餐那就虧大了，所以我追加了宵夜，「我要吃雞排，順便帶杯珍珠奶茶，對了，雞排不要切不要辣，再來份梅干薯條。」

「靠，胃口這麼大？」阿祥肉痛的拿起錢包跟鑰匙，將報告檔案按下列印，「對了，你有沒有看到我買來預備的那包A4紙啊？我剛剛找不到。」

啊。

我的視線飄向天花板，不敢說那包被我拆去給紙妖玩掉了，現在滿地板寫著亂七八糟各國字體的紙張就是那包A４的殘渣，「沒看到耶，你等等出去順便再買一包就好啦，反正那麼便宜。」

「噢，好吧。」阿祥搔搔頭，然後出門去了。

他出門後，我開始整理亂七八糟滿地紙張的房間，中午懶得收，現在看起來還真是壯觀，不收一下連走路都會踩到紙，這種畫面讓外頭的人看到的話不知道會被解讀成什麼鬼樣子。

就在我收到一半的時候，一陣雲霧從門縫、窗戶侵了進來，電燈像是接觸不良似的開始閃啊閃的，同時，我手上跟地上的紙張突然全部刷成空白，緊接著在下一秒寫滿了字。

每張紙寫的都是一樣的內容。

『來了。』　『來了。』　『來了。』

『來了。』　『來了。』　『來了。』

『來了。』　『來了。』　『來了。』

『來了。』

『來了。』　『來了。』

我大驚，可在這樣的情況下我也不知道該做什麼，只能看著霧氣慢慢包圍了整間寢室，緊接著周遭徹底的暗了下來。

只剩下一團逐漸靠近的青光。

一樣的，這跟我記憶中的是一樣的，喉嚨傳來乾渴的感覺，紙妖飄浮在半空中，被一把莫名的青色火焰點燃，燒了起來。

然後，我聽到了清冷的、淡淡的……青燈會有的那種聲音。

『爺……』她說，依舊持著那杖燈，『爺，您該走了。』

我看著她用煙袖捧起那團燃燒的青火，手中的燈杖隱隱散著光華，就如同我兒時記憶中的模樣。

青燈。

居然真的見到了。

我傻傻的看著她，手上還拿著大把的紙，一時之間不知道做什麼反應才好。

這就像樂透槓龜了無數次之後突然有天真的讓你中了頭彩，在驚喜之前會先懷疑自己是不是真的中獎，還是說這只是一次惡劣的玩笑。

青燈捧著那團火，待火團燃盡之後，一道小巧的螢光飄了出來，『我們走吧，到該去的地方。』她說，然後轉身就要離開，像是根本沒看到我一樣。

如果我就這樣眼睜睜的看她離開，也許之後就不會發生那麼多事情了，但這個世界沒有「早知道」這種東西，所以在那個當下，我完全忘記家裡「低調低調再低調」的叮嚀，用高調到可以衝破天花板的音量喊住她。

「等等！」我叫著，然後發現對方詫異的回過頭，呃……這種時候要說啥？總、總之，「妳先別走……」

『您瞧得見我？閣下是道士麼？』不知道是不是因為年歲的關係，青燈說話的方式實在很復古，復古就算了還處處用敬語，這真的叫身為現代人的我很不習慣，下一秒，她卻又做出一個讓我更不習慣的動作。

『聞起來不像道士呢……反而有種讓人熟悉的味道，』她湊近我，在我身邊嗅了嗅，『妖的味道，是妖？』

「呃……」這個要我怎麼回答？

『哼嗯，少見的、混血的孩子，』青燈的表情跟來時一樣毫無特別變化，『你屬於人的部分不歸我管，而您妖的那部分也還不到我管的時候，太早了，』她搖頭呢喃，『太早了。』語畢，她持著那杖燈領著紙妖的幽光朝著窗外飄去。

無論是什麼生靈，都會下意識的跟著與自己類似的形體走，人死之後魂體依舊是人型，妖死之後卻是沒有軀體只剩螢光點點，所以鬼使跟青燈雖然都會提燈，但兩者之間有著很大的差別，領人的鬼使，手中的燈籠是提在身前的，而領妖的青燈，她們的燈卻是背在身後。

人隨人，妖隨燈。

燈提在前可以讓鬼使的身影更清晰，人比較不容易跟丟，燈背在後也是同樣的理由。

不過上面這些都不是重點，重點是青燈一轉身，她的那盞燈還有紙妖的螢光就這樣轉到了我面前。

看著這盞距離我不到一臂的青燈，也許是被迷惑了，抑或是其他什麼我不知道的原因，我做出了讓我事後慶幸不已又後悔不已的舉動——手賤的去碰了那盞燈。

燈熄了。

啊咧？

青燈・之二　妖途

一熄一滅一重生　燈熄妖滅青火燃

於是　燈傳不息

我的臉上現在一定寫滿了囧。

這……我只是輕輕碰一下而已啊，怎麼會這樣就熄掉了?!這燈該不會是水貨吧？

相對於我的囧臉，青燈那姣好的臉孔首次出現了平靜以外的表情，震驚。

『你、你……』她驚詫得連敬語都忘了用，看著那熄滅的燈再看看我，『你是燈?!』

啊？妳說啥？我是燈？呃……妳手上那盞嗎？

雖然長相是秀氣點沒錯，但至少兩個眼睛一個鼻子一個嘴巴都待在應該長的地方，四肢健在安好整體無殘缺不全，這樣的我哪裡像燈了？

『唉呀！不好！』突然，青燈驚慌的呼喊把我喚回神，因為失去了指引的燈，紙妖殘留的螢光開始亂飄了起來，只見她急忙的甩著煙袖試圖將開始亂飄的紙妖螢光攬住，卻只能暫緩那點螢光散飛的現象，『爺！不是那個方向呀！』

光只認光，根本聽不到青燈的聲音，緩慢的飄開了。

喔喔……看起來有點不太妙，可是、可是真的不干我的事啊！我只是輕輕碰一下而已……

好吧，死馬當活馬醫了，是個男人的話總要在這種時刻起點作用，要燈是吧？也就是要有光亮？那只要有火就行了吧？

於是，我隨手將剛剛整理起來的紙張往地上一丟，立刻衝去阿祥的座位上拉開他的抽屜就開始找打火機，雖然這樣沒經過允許就亂翻他人抽屜是有點不道德，但沒辦法，你實在很難叫一個不抽菸的人拿出打火機之類的東西來。

我一邊快速的翻找，一邊看到青燈很努力的想將那些光點聚攏，然後，我終於找到了可以點出火光的東西——

——火柴。

「我靠，這會不會太復古啊？」阿祥真不愧是個怪咖，這年頭還有誰在用火柴點菸啊？但是有句話叫做沒魚蝦也好，非常時期，小地方就別太計較了。

迅速抽出一根火柴，我急急忙忙的試著想將火給點燃，但是……老實講，現在科技那麼發達，火柴早就從點火工具的行列退下來淪為旅館紀念品了，記得我上一次成功點燃火柴是在國小三年級的夏天，玩煙火的時候點起來的。

啊，那年的煙火我還記得很清楚，實在是很漂亮……

我一邊逃避現實地回想那年的煙火，一邊努力試圖將手裡的火柴來個擦柴走火，但現實是很殘酷的，我第一根火柴就在我逃避現實的過程中非常帥氣的——失敗了。

不但失敗還斷成兩截。

「靠！不是吧？」低聲咒罵著，我抬頭看了一下青燈，情況似乎更糟了，紙妖的螢光差不多要散光了！「喔喔喔喔！可惡，一根點不起來，我點十根總行了吧！」

惱羞成怒，我一口氣抽了十根火柴，心裡大聲唱了幾句：團結～團結就是力量！之後，我閉緊雙眼用力的將那把火柴往盒邊擦去！

嚓！

有點著嗎？我不敢張開眼睛，但這次如果還沒點著的話，我只好高呼「俺還要點十根了」。

緊閉的眼皮中隱約透出一點點光，這種感覺就像一片漆黑的環境下有人拿著手電筒照你一樣，呃，所以說點著了？但我手中只是十根火柴而已，亮度不應該那麼驚人啊……

我些許困惑的睜開眼睛，而才剛開眼，我就傻眼了。

因為在我眼前，居然是一團燃燒得非常旺盛而且還非常大團的青火！

好、好燙！

嗯？

不對，不燙？

我目瞪口呆的看著手上那把大得嚇人卻又完全不燙的青火，而就在這個時候，紙妖的螢光像是感應到光芒一樣開始往我手中這團火聚集，然後我看到一旁的青燈此時正驚訝地張著小嘴，目光灼灼地盯著我。

啊、好可愛。

被這樣的視線盯著看，只要是男人都會不好意思的，但現在並不是說這些的時候。

「呃、那個……青燈小姐……」雖然對方的實際年齡可能當我阿祖還有得找，但我實在很難對一個長相幼齒的正妹叫出「婆婆」之類的稱呼。拿著手上那坨怪異的火，我有些遲疑地朝青燈靠了過去，「抱歉，弄熄了妳的燈，呃，不嫌棄的話，妳要不要先用這個？」

我將手上的柴薪遞過去，然而青燈卻沒有要接的意思，甚至還對我搖了搖頭。

哇哩咧，這是怎樣？「那個，雖然這只是火柴啦，但是總比沒有來得強，就當作我弄熄燈的賠罪……」

『奴家從這一刻起，不是青燈了，』她無厘頭地打斷了我的話，然後將那把杖燈遞了過來，『現在，您是青燈。』

啊？

我的嘴巴現在應該可以挑戰金氏世界紀錄的最大張嘴弧度，「妳說啥？」

『奴家說，現在起，您是青燈了。』她回答得很直接，我暈得很乾脆。

現在是在演哪齣啊？

「不、不是，我想妳應該是誤會了什麼……」

『沒有誤會，您剛剛完成了青燈的傳承，一熄一滅一重生，您成功地熄了燈，見證了妖的滅亡，最後重新燃起了燈所需的青火，因此現在，您是青燈了。』她很認真的解釋著，但我只覺得頭大。

「慢著慢著慢著……」我退後幾步，但青燈飄著跟了上來，「剛剛那只是巧合而已啊！我只是碰了一下那燈就熄了，紙妖它本來就要死了，然後這個火，」我揚了揚手上的火把，「這是阿祥那傢伙的火柴啊！我只是把它點起來而已，跟我沒關係的！」

卯起來撇清，但是對方似乎不理會我的辯白。

『不對，只有燈才能熄燈，也只有燈才能點燈，』她說著有些莫名奇妙的話，然後將我手上的那團青火接引到那把杖燈上，青燈重新燃起，『而且不是每個燈都有這份資格，您既然能成功做到剛剛那些，就表示燈杖做出了新的選擇，那就是您。』

等等等等等等一下啊！

我的內心發出了驚天動地的慘叫，眼看青燈就要用她億萬分的堅持將燈杖推過來，我只好發出了最後的保命手段：「我、我是個活人啊！沒辦法引渡妖怪啦！」

『啊！』聞言，青燈像是受到了什麼驚嚇似的驚呼，『哎呀，對了，您是半妖，還有人的部分在呢，怎會發生這種事……唉、這該怎生是好……』

……妳該不會到現在才想到這個問題吧？

『哎呀、怎生是好……怎生是好啊……』青燈慌張的在房間裡飄來飄去，看她在那裡飄啊飄，我頭都快暈了。

「我說，我們就當作剛才什麼事都沒發生如何？」我客觀地提出建議，「現在燈也重新點上了，紙妖的…呃……」糟糕，那些螢光要叫啥？殘骸？不……殘光？哎呀隨便啦！「總之紙妖現在也不會迷失方向了，妳就繼續當妳的青燈，這樣不是很好嗎？」

『不行。』

為啥不行？

『自燈熄的那一刻起，奴家就看不到引渡的路了，』語氣哀傷地說，她略帶憂愁地看著我，『只有真正的青燈才看得到那條路，現在的奴家已經看不到了。』

咩的，哪來這種鳥設定啊！

看著青燈那悽楚的眼神，我覺得自己的頭皮正在發麻。

妳說是這麼說……「但我也看不到啊……」什麼路啊什麼鬼的，我眼前還是一大堆煙霧跟散落一地的紙張，整個烏漆抹黑的房間裡唯一看得到的光亮就是燈杖上重新點燃的火，完全沒看到什麼路啊！

『咦？您看不到？』聽到我的發言，青燈又呆愣地張開了小嘴……啊……這個表情真的很可愛，有沒有相機啊？我需要相機……（逃避）

『您真的看不到嗎？』聲音像是快要急哭似的，青燈緊張地飄到我面前，小手襯著煙袖就這樣不避諱地搭上我的肩，『真的一點點都看不到？』

真的啦！騙妳幹嘛……嗯？等等……「呃、妳說的那個引渡的路，是不是像一道歪歪扭扭的光線延伸出去？」我遲疑的指著前方突然出現的光絲，「是那個嗎？」

『對對對！就是那個——咦？』順著我的手看過去，青燈驚喜地說道，然後下一秒，她又頓住了，『為什麼連奴家也瞧見了？剛才分明瞧不見的啊……』她說，手離開了我的肩膀，這一瞬間，那條扭曲的光絲消失了。

「啊！不見了！」我說，然後青燈詫異的看過來，此情此景，我只能無辜的跟她對看一眼，而像是要測試什麼似的，她怯怯地再次將手碰了過來，「啊！又出現了！」

於是就在幾次的「出現了」、「消失了」、「又出現了」、「它又消失了」的測試後，青燈沉默了，而我也沉默了。

…………

……

這是怎樣啊？也許是我自己想太多，但我總覺得那道扭曲的光絲此時正快意地大叫著類似「啊哈哈來找我啊小壞蛋~」這種欠扁的話。

『似乎，奴家還是青燈……但是……』

但是？

『但是您貌似分走了奴家一半的天賦，所以，那個……』她語帶保留的看著我，臉上的表情相當複雜，『您可能要跟奴家一起當青燈了。』

啊？

這是我這輩子以來聽到的最不好笑的一個笑話，而最不好笑的地方在於……這很慘烈的並不是個笑話……

我的大腦亂烘烘的企圖從當機狀態重新啟動，就在此時，我聽到了阿祥那輛破爛機車的引擎聲由遠而近地傳來，很好，阿祥回來了。

誰來告訴我，我現在該拿這情況怎麼辦啊啊啊啊囧！

在一起~在一起~

在這答應與拒絕的掙扎夾縫間，我的腦袋閃過某個電子布告欄的推文裡頭常常出現的字句，但現在這情況可不是單純在一起就可以解決的啊！而且對方是妖，是妖耶！

『您不願意跟奴家一起當青燈嗎？』她的語音一整個委屈，大大的雙眼凝滿了霧氣，跟剛出現時的面無表情實在差很多，『就當作是為了群妖，請您跟奴家一起掌燈吧，好不好？』

我咧……「等等，妳先冷靜一下……」耳邊傳來了機車熄火的聲音，要死了，阿祥停好車了，「那個，我們可不可以之後再討論這個問題？」

『難道您不喜歡奴家。』

啊？

『您討厭奴家嗎？』

且慢，妳的思考邏輯怎麼會是這種發展法？這結論是打哪個方向從哪根筋導出來的啊？邏輯算式肯定有問題！「不是喜歡跟討厭的問題，妳這麼可愛，我怎麼可能討厭妳呢？」靠杯啦我在講什麼！我要說的不是這個啦！

「總之，跟妳一起當青燈什麼的，就我個人來說有很大的技術性問題啦，不成、不成的！」

『什麼技術性問題？』她眨著超大超無辜的眼睛看著我，然後就開始講起沒有青燈的嚴重性來，『您不跟奴家一起掌燈，那這地方的群妖就會失去青燈了，死去的妖將得不到引渡，身死而魂存，這樣下去會變成魂屍的，那是既可怕又可悲的存在，拜託您了，就當作是為了群妖吧，啊？』

唔喔喔喔……這個聽起來好像很嚴重的樣子，我想應該就跟人間某個地方失去了鬼差跟無常，人死之後無人引渡最後墮入魔道還什麼的是差不多的原理，但、但是，妳要一個連要自稱是半妖都還太勉強的傢伙去當妖怪的引渡人？

我可不可以說不啊囧？

腦子裡閃過各式各樣的拒絕藉口，卻沒有一個派得上用場，門外，阿祥踩著夾腳拖鞋的腳步聲靠近了。

『奴家拜託您了！』青燈一臉傷悲的對我行了個大禮，整個跪伏下去。

不是這樣的吧?!

外頭是阿祥越來越靠近的腳步聲，房裡是青燈的閃亮大眼淚汪汪，而我正莫名奇妙的卡在這兩者之間，說真的，我長這麼大還從來沒這麼焦頭爛額過，在這個當下，我突然覺得自己也好委屈……

可現在不是感慨自己好委屈的時候，阿祥那小子要上來了！他雖然看不到妖，但現在房間這種煙霧繚繞的鬼樣子只要有長眼睛都能看到，電燈沒亮我還可以唬爛他說今天晚上停電，可這些煙霧如果不收起來，我要怎麼跟阿祥解釋才好？

總不能跟阿祥說他的眼鏡起霧吧，這種鳥藉口誰會相信啊……（好吧，也許阿祥真的會信，但我並不想冒險嘗試。）

唉呀，隨便啦！

於是乎，我做出了一個讓我日後想起幾次就會嘆氣幾次的決定。

「我答應妳就是了，妳先把這些煙霧搞定，然後把我的房間恢復原狀啦！」

『真的?您願意跟奴家一起掌燈了?!』青燈驚喜的抬頭望向我，對此，我只能回以苦笑。

「怎樣都好啦，這、這些煙霧還有妳跟那紙妖，拜託妳快想點辦法吧，馬上就要有其他生人過來了！」

『好的，如您所願。』青燈露出了寬心的笑，然後下一秒就宛如煙霧般散失在空氣中，而因為把頭別開的關係，所以我也沒看到青燈散化後的煙霧飛哪去了。

我只曉得當霧氣盡去之後，寢室裡的燈就很合作的全部重新亮了起來。

看到這樣的情形我大大地鬆了一口氣，眼角瞥見阿祥的抽屜還是開著的，趕忙衝上去將那抽屜推回去，而就在這個時候，阿祥開門走了進來。

「嘩啊！剛剛夜市人真多呢，」將門帶上，阿祥提著幾袋食物看著我，「嗯？安慈，你在那裡幹嘛？」

慘……來不及跑位，還是被看到了，但是這種情況好解決，「沒事啦，你的印表機剛剛好像卡紙了，我過來看一下而已。」

「卡紙？」阿祥驚了一下，「它又卡了喔？」

又？這個「又」是什麼意思啊？

「我的印表機下午開始就有點怪怪的，一直不是很順暢，」他說，然後走過來將食物放下，敲了敲那臺機器，「真的不行的話只好明天拿去請人修理了，嘿嘿，好險報告有好好印出來，不然就糗大了。」

「我看是沒什麼問題，應該也不用拿去修啦。」下午會卡紙絕對不是機器的關係，而是某個妖怪在玩你，想到這，我心裡突然有種奇妙的感傷上湧。

雖然相處的時間只有一個下午，但是那個紙妖……真的就這樣消失了啊？

就這樣一瞬間、一眨眼的，我突然覺得生命好脆弱，無論是人還是妖，雖然妖的生命相較於人來而言要長得很多，但提到死亡也不過是剎那間的事情，一樣的，都是一樣的……啊啊啊！越想越低落！甩甩頭，我決定暫時不去想這些了。

「先不說這個，食物食物，食物拿來！」我現在強烈的需要吃東西來填補自己受創的心靈，接過阿祥遞過來的食物，然後開始說服自己剛剛看到的一切都是幻覺，沒有青燈也沒有紙妖，哈哈哈這一切都是幻覺～幻覺是嚇不倒我的～（繼續逃避）

拿起珍珠奶茶插下吸管喝一大口，啊！冰冰涼涼的好滋味瞬間在口腔蔓延開來，然後這個時候阿祥說話了。

「嗯？安慈，你左手上拿了什麼東西啊？」

左手？左手哪有什麼東西？

我邊喝珍珠奶茶邊把左手攤開來看，不看還好，一看我口中的茶差點噴出去！

一個輕巧的火柴盒靜靜地躺在我的掌心之上，嗯，我手上有火柴盒這點是可以理解的，畢竟剛才我卯起來點火柴的時候，左手一直緊握著它，印象中雖然只有匆匆一瞥，但我記得火柴盒本來的盒面設計是相當樸素的，噢，好吧，當時光線很昏暗，可能是我看錯了，可有一點我是很肯定的。

那就是，本來的火柴盒上絕對沒有任何人物畫在上面！

但是現在，我手上這個火柴盒不但有個人像在上頭，那個人像還非常非常的眼熟，眼熟到我差點一口茶噴出來的地步。

「哇～這個人像畫得真可愛耶，安慈，你從哪拿到這個火柴盒的啊？」阿祥興致勃勃的看著我手中的火柴盒，完全沒注意到我正努力的想把口中的茶吞下肚，畢竟噴出來既不衛生又浪費，「住一起那麼久我都不知道你也喜歡收集火柴盒，真是的這種事情就早說嘛，這樣我們哥兒倆就可以好好交流一下了～」

抱歉，我個人並沒有收集火柴盒的嗜好……嗯？等一下，「你的火柴不是拿來點菸，是拿來收集的?!」

「對啊，這年頭還有誰會用火柴點菸啊？噢，除非是真的找不到打火機啦。」阿祥一臉理所當然的坐下來打開抽屜，然後像是現寶似的將自己的收藏一個個掏出來，「你看，這個跟這個是我去墾丁玩的時候帶回來的，然後這個是去鵝鑾鼻，這個是去臺中耕讀園，至於這個呢～是去臺東泡溫泉的時候……」

他如數家珍地說，還開始提起哪間旅館放的火柴盒比較精美，我有些遲疑地看著我手中那個畫著青燈的火柴盒。

糗了，我不但拿了阿祥的收藏品，還讓這個收藏品變成某只妖怪的居所……仔細看，我手上的火柴盒還有「青燈」字樣的浮水印在，偽裝得真是專業。

「啊咧？怎麼少一個啊？」阿祥困惑的說，而我驚得差點一口珍珠卡在喉間吞不下去，「奇怪了，那一個很有紀念價值的說……我記得放在這裡啊……」

喔喔……

我默默在心底愧疚的跟阿祥陪了十萬個不是，「咳嗯，什麼樣的紀念價值啊？」如果真得很重要的話，那我還是找天把青燈請出來，讓她換個地方棲身比較好。

「嘿嘿，這個嘛……」阿祥有些害羞地搓了搓手，「其實那個是我的破處紀念品……」

……

我可以把這傢伙轟出去嗎？

後來我還是請青燈「搬家」了，就在當晚宿舍熄燈之後。

『為什麼奴家不能待在這？』被我請出來的時候，青燈有些莫名奇妙，『有什麼特殊的原因嗎？』

欸，該怎麼說……躺在床上將棉被拉高蓋過頭，我盡量壓低聲音，「這個畢竟是別人的東西，可能的話還是還給人家比較好……」要特殊原因的話也是有，因為這玩意是阿祥的啥鬼破處紀念品，而我實在不想讓青燈住在這種東西裡頭。

『這樣啊，對不起，是奴家想得太淺了，』火柴盒上，迷你size的青燈伴隨煙霧裊裊飄出，小小的青火照亮了被窩，『那麼，請問奴家現在該於何處棲身才好？您可有建議？』

「不介意的話，我剛剛跟阿祥要了個打火機，雖然只是個便宜貨啦，但是，」看著火柴盒大小的青燈，我心跳莫名的快了半拍，這種尺寸大小會不會太可愛啊？我將手中的打火機朝小小的青燈靠過去，「青燈小姐，妳覺得這個打火機怎麼樣？可以住嗎？」

『可以的，居所只是形式，勞您費心真是不好意思，』慎重其事的對我揖拜，青燈抬首望向我，『還有，奴家現在並不是完整的青燈，已經無法使用那樣的稱謂，所以請您別再稱呼奴家為青燈了。』

「那要叫妳什麼好？」我知道『青燈』只是一種專門用來稱呼引渡者的稱呼，但是我對眼前這位青燈的認識有限，所以只能一直青燈青燈地喚她，「妳有其他名字嗎？」

『有的，但是……』皺著眉頭，她有些困擾，『時間過了太久，奴家已經忘了自己叫什麼名字了，一般來說，當完全卸下青燈職責時就會回想起來的，但現在……』

現在她身上還有半個青燈的身分在，所以名字什麼的當然是想不起來……糟糕，這是我的錯嗎？是我的錯嗎？我深切的表示我很無辜啊！

嘆氣，我決放棄問青燈的名字，「既然這樣，就繼續叫妳青燈就好了，不用想太多啦，稱呼只是個稱呼，不會怎樣的。」

『真的？』她像是被告知作弊只要不要被抓到就沒事的乖乖牌學生一樣，露出了驚愕的表情，『這樣是可行的嗎？』

「可以可以。」我拍著胸脯保證，不然我怕下一秒青燈就要請我幫忙取名字了。

『那麼，奴家該如何稱呼您？』

「我叫左安慈。」

『原來是安慈公啊……』

……

…………

誰是安慈公？

一瞬間，我的腦袋閃過了自己留著大把白鬍鬚，頭戴烏紗帽身披長袍手持拐杖的畫面，就印象上來說有點像福德正神。

「拜託，請叫我安慈就可以了……」掩面，我實在不太想接受這個聽起來很像被供奉在廟裡的稱呼。

『好的，安慈公。』

……唉，隨便啦，「青燈，那個……紙妖呢？」我問出了我從吃宵夜開始就很想知道的問題，自剛剛一連串的事情下來，紙妖應該還沒有得到引渡，照理來說青燈應該要很緊張的想拉著我去「看路」才對，但是現在的她卻十分悠哉地在研究什麼是打火機。

『紙妖……您是說剛剛那一位爺嗎？』

「欸，應該是。」青燈似乎對每個接受引渡的妖都稱呼為爺。

『如果是那一位爺的話，已經不歸青燈管了。』她說，手好奇的戳了戳打火機的出火孔。

「不歸青燈管？為什麼？」聽到這個說法，我的心一緊，難道……「難道時間拖太長，它魂飛魄散了?!」

『不是的，安慈公您多慮了，』她眨著大眼搖頭，如果不要叫我安慈公就完美了，『青燈傳承時的青火，是用來點燈的代表重生的青火，一般除了兩代青燈之外是不會被第三者碰到的，但那一位爺方才卻意外地碰到了那把火，所以它已經不再是青燈引渡的對象了。』

啊？

「為什麼？」難道青火是碰不得的？

『傳承的青火就是重生的青火，那一位爺碰到了火得到了重生，不再需要青燈的引渡了，』她說，然後靠著我手上的打火機正坐起來，『因為青燈只引渡亡妖，尚存者不歸青燈管。』

等等，有這麼好康的事情？這豈不是妖怪版的「遇」火重生？「那妖怪不就可以永遠不死了？只要趁這個什麼傳承的時候去碰火……」

『傳承的時間、地點都是不固定的，沒有妖能預知傳承，而重生的青火也只存在於燈熄、燈燃的那一瞬間，根據奴家所知，方才那一位爺是自有青燈以來第三位幸得重生的爺。』她很認真的解說，然後我發現了一個嚴重的問題。

「……所以，那個紙妖還活著？」合理假設。

『是的。』

「在哪？」

『在』『這』『裡』『。』

四張A4紙突如其來的噴到我臉上，而當我將噴到臉上的紙拿下來，就著青燈的光看清楚那幾個大字後，我的內心湧起一股想把紙妖再次送上西天的衝動。

虧我之前還對這傢伙感到傷懷，這廝居然用這種方式來報答我啊？我恨恨地將那幾張紙揉成一團，然後捏在掌心狠狠揍個一兩下啊一兩下的，雖然我知道這對紙妖來說可能根本不痛也不癢，但這是奇摩子的問題。

不這麼做我怕我會睡不著。

把我剛才的擔心跟之前的感傷還來啊啊啊……

「你還待在這裡幹啥？回去你的圖書館啦！」我沒好氣地看著被我弄成一團的紙球說，一旁青燈還在研究打火機。

『要報恩，報完恩，才能走。』紙妖努力地把自己重新展開，在皺巴巴的紙上我看到了這九個字。

拜託喔，報什麼恩啊，你只要別給我添麻煩就是對我來說最大的恩惠了啦，「不用報恩了，你還是回圖書館比較實在……」我嘀咕道，聽到了我這句小聲抱怨，青燈的視線立刻離開了打火機。

『安慈公您此言差矣，』她說，小臉布滿不贊同，『對妖來說，報恩是很重要的，吾輩妖者最忌諱有所牽掛之事，因此妖者有恩必報，有仇必報，您怎麼可以不讓爺報恩呢？這樣是不對的，這麼做會讓爺有所牽掛，對這位爺之後的生活會產生您想不到的影響……（中略，下略，以下繼續省略N百字）』

聽著媲美長江滔滔不絕的說教，我突然強烈的感受到青燈那幼齒外表下所擁有的真實年齡，但我還是沒辦法稱她為「青燈婆婆」就是了。

這一定是某種視覺制約，就像你很難對一個偽裝成大便的咖哩飯食指大動一樣，我知道這個比喻很爛，但是大概就是那個意思。

有些認命的聽著青燈那苦口婆心的教誨，我開始跟紙妖兩人玩起相看兩不厭的遊戲，啊，看看這張紙，質感多好邊口多平整，重新展開之後頁面不但光滑無瑕疵看起來還一副很好寫字的樣子，當真是居家旅行外出必備的一張好紙啊……

我努力的觀察這張紙的身高體重兼三圍（？），將左耳進右耳出的學生必備絕技發揮至無限大企圖度過這漫漫長夜，而當青燈好不容易把她的教誨全部說完心滿意足地飄進打火機

裡的時候，天已經快亮了……（默）

這個故事告訴我們，千萬不要在不知道活了多久的妖怪面前反駁妖者的話，就算那個妖怪長得比蘿莉還蘿莉，也最好不要這麼做。

將頭伸出被子外透氣，我看著窗外濛濛亮的天，手中捏著跟我一起聽了一晚教訓的紙妖，突然，我有種惺惺相惜的感覺，也許這就是所謂「同是天涯淪落妖，相逢何必曾相識」的道理，好歹我們是一起聽了一晚上訓話的夥伴。

『所以，』突然，我手上的紙妖開始顯字，『你可以讓我報恩嗎？』

這麼堅持？我有些傻眼，起手在紙身上寫道：隨意。

『那請多指教，安慈公。』

……到底誰是安慈公啦！

叫我安慈就可以了，真的……

青燈・之三　燈橋

持燈翩然一方盡　引渡橋頭望眾生
燈行於此　送君渡橋

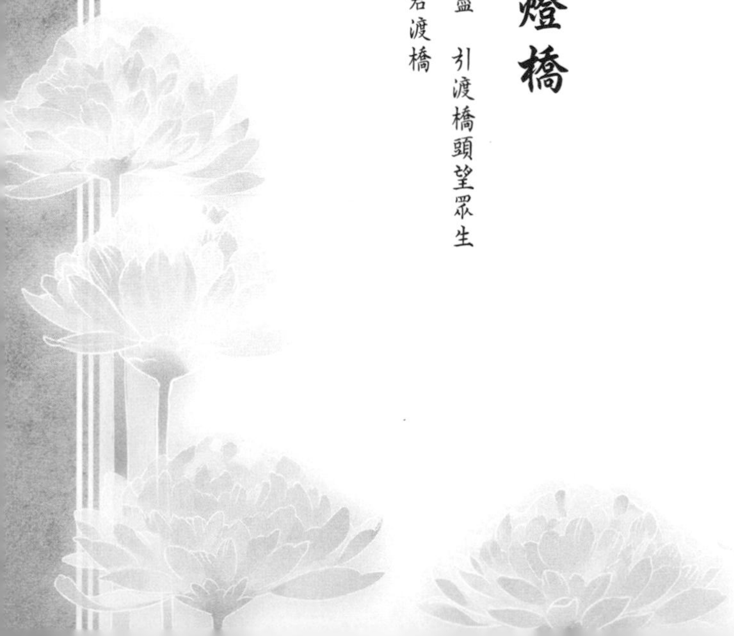

青燈的工作其實沒有我想像中的重。

我本來以為接下來的日子我會三天兩頭就被青燈拖出去「看路」，結果沒有，在過了幾天很平靜的「普通」生活之後，我帶著疑惑對青燈問了，才知道她的管轄只限於我們現在身處的這座島，也就是說，只有在臺灣這塊地上消亡的妖才歸她管。

（每個人對普通生活的定義不一樣，我呢，就算每天都必須耗掉數量驚人的A４紙張，這樣的生活對我來說也是普通的。）

不要以為妖怪社會像人類社會一樣，每天都死人雖然對人類來說是很正常的，但對妖來說卻不是，一般而言，在一塊區域內的妖都是兩三天至一個禮拜才會有一位消逝，仔細想想這樣也沒錯，畢竟妖的誕生並不像人類這麼容易，短的幾十年，長的需要上百年的醞釀才會生出一個純妖來。

注意，是純妖，像我這種混著其他生靈血緣的半妖就不能算在裡頭，只有少部分跟妖怪之間多有往來的半妖，在得到了妖怪的承認之後才會像我爺爺一樣，死後由青燈引渡。

總之，憑著這種緩慢的添加速度，要是每個地方天天都死妖，那要不了多久這世界可能就要將妖怪列為保育等級了。

「青燈」的分布並不是依靠地方的大小，而是根據一個地方的妖怪密度來決定，通常越是地靈人傑的地方妖怪就會越多，聽青燈說，我們這塊地算是妖怪密度比較高的地方了，所以雖然地方很小，卻有青燈常駐。

「那妳當初怎麼會選擇到我們這來？」

『奴家是聽從上代的旨意而來，她說這裡最適合奴家，所以奴家就來了。』她眨著無辜的雙眼這麼說，完全不明白為什麼我會問出這種問題。

好吧，其實我只是想確認一下這個分發到底是不是用抽籤這種鳥方法決定而已。

青燈是這麼說的，當有妖即將面臨死亡的時候，燈杖就會有所反應，燈上的青火將釋出一道只有青燈看得見的光領著她去接引即將死亡的「爺」。

看著我手中那小巧的打火機，這幾天我一直在注意打火機上頭那把燈杖的圖案，就怕會錯過什麼訊息還啥的，因為青燈說提示的光源自於青火，現在的她雖然持有杖燈，卻已不再是青火的主人，這樣的她是看不到引導光的，得要由我來看才行。

但我緊張兮兮的看了這幾天，不要說光了，連個影子都沒有。

根據青燈的說法，引導光的出現是很明顯很搶眼的，這是為了避免青燈錯過引導的光芒，所以我可以不用那麼緊張的三不五時就把打火機拿出來看。

說是這麼說，可我只要一想到可能會有妖怪因為我的一時疏忽變成什麼魂屍的，我整個人就會難以自己地緊張起來。

而且我一直有個疑惑，「這魂屍到底是什麼東西啊？」趁著下課時間，我如此問道，然後下一秒，我眼前的紙張突然出現了滿滿的字，全部都是跟魂屍有關的解說，而且從最古早的紀錄開始一路到現代都有，翻到下一頁，甚至還有圖像說明。

真是貼心，把這些裝訂起來差不多可以直接出一本魂屍說明手冊了。

不過……「紙妖大大，」我很無奈的看著眼前那精美的說明，「你的說明很詳細，我很感動，但是……可不可以請你寫在別張紙上啊？這是我的講義，我還要上課耶……」

又經過一個下一秒，我的講義重新恢復成全新的樣子，沒錯，全新空白光滑又平整，紙妖那傢伙很自動的把講義上頭所有字通通「清理」掉了，至於那些魂屍說明……

雖然我這幾天的確一直交代不可以浪費紙張，但也不用節省到這個地步吧？你把東西寫在衛生紙上是要我怎麼看啦！

「紙妖大大……」我努力維持理智線，手裡緊捏著那包被寫滿字的衛生紙，眼前，我那白成一片的講義很俏皮的出現了幾個常常在海報上出現的ＰＯＰ字體。

『安慈公，有何吩咐？』結尾附帶愛心圖樣。

……裝什麼可愛啊？

我忍著一把火把講義跟衛生紙通通燒掉的衝動，努力試著再溝通，「你能不能把我的講義、我的衛生紙，通通恢復成本來的樣子？」我需要一本正常的講義跟我剛才努力抄的筆記。

『沒問題。』

然後我的講義瞬間刷新了頁面，本來在上頭的印刷字體是回來了但重要的筆記還是沒下落，至於衛生紙……誰來告訴我這些疑似樹皮的東西是啥鬼？

『安慈公，這樣您還滿意嗎？』

滿意？我現在只想殺人，不，是除妖。

「哇！安慈，你在變魔術嗎？」就在我即將爆發的這一刻，阿祥上完洗手間回到了座位上，一臉驚奇的看著我的講義跟手上的樹皮，「這東西哪來的啊？然後你幹嘛又去拿了一本新的講義？」

我該怎麼跟他解釋這個講義在上一秒之前還是寫滿筆記的？

「既然是魔術，怎麼能輕易告訴你竅門，」我自暴自棄的隨手把樹皮扔掉，接著認命的拿起我那空白到讓我想哭的講義，「阿祥，你的講義回去借我抄。」

「可以啊，不過我只有畫線喔。」

「……隨便啦。」沒魚蝦也好，剩下的就憑自己的記憶了。

但說是這麼說，自己辛辛苦苦寫了半天的筆記被洗白，怎麼想都還是很不平衡，所以後來等下課回到宿舍的時候，我一手捏著打火機一手抓著紙妖，用無比溫柔的口吻「拜託」對方將我的筆記吐出來還給我了。

看著失而復得的筆記，我的心中充斥著滿腔感動，啊！果然還是武力最好用！

我含著淚水看著那些字跡，然後，阿祥湊了過來。

「咦！安慈，你抄筆記的速度也太迅速了吧？我剛剛看的時候明明全部都還是空白的耶。」

「……就跟你說是魔術了，不要想太多。」我扯著連自己都不太相信的話，隨手把阿祥打發掉了，而這小子還真的不疑有他，稱奇幾下之後就回去自己床上補眠了。

看著輕易相信我這種鳥說詞的好室友爬去睡覺，我的心情其實挺複雜的。

阿祥……雖然相信人是好事，但是，連這種鬼話你都可以這麼輕易的相信下去……這樣真的好嗎囧？

下午三、四堂是空堂，所以我很悠哉的待在宿舍裡頭一邊吹冷氣一邊等晚餐時間來臨，順便研究了一下紙妖弄給我看的那些魂屍大全，用的當然是我那些全新的Ａ４紙……（默）

「你就不能節省一點嗎？」我沒好氣的看著紙妖那正在扭來扭去的身體，看一張紙在那裡跳體操的感覺真的很微妙，「既然可以把紙張重新變白，幹嘛不拿那些不要的紙來做廢物利用啊？你知不知道這幾天你已經花了我四包Ａ４了，四包耶！」

『新的紙，寫起來心情比較好～』

心你媽啦！我怒，「你當紙不用錢喔！」

『安慈公缺錢嗎？』紙妖停下了體操，『我明白了。』

就跟你說不要叫我安慈公了……嗯？等等，紙妖剛剛寫了些啥？我將那張紙靠近眼前，「我明白了」？這四個字是在明白什麼啊？

我一時反應不過來，但是當很多張很多張小朋友歡快的朝我臉上噴過來的時候，我明白了，一瞬間的感想是很爽，畢竟很少人能被這麼多千元大鈔這樣「噴」，但是……靠！這是偽鈔啊！我大驚，「白痴，快給我住手！」壓低聲音怒喝，咩的，好險阿祥去睡了，不然我要怎麼跟他解釋這種鈔票滿天飛的奇景啊?!（好吧，也許可以繼續唬爛他說我在變魔術，但我不想再這樣唬爛下去啊啊啊……）

『安慈公不是缺錢？』

我是缺錢，但身為一個品行優良的好公民，我至今除了闖闖紅燈之外既不偷也不搶，你突然就弄這些偽鈔出來是想害我被抓去關啊？

『請安慈公放心，絕對不會被發現的。』

不會被發現？

我默默撿起地上一張千元大鈔，上下左右看了看之後，「你倒是跟我說說看，只有印一面的鈔票是要怎麼樣才會不被人發現是假的……？」

『啊？還有另一面啊？』

我好想撕了這張紙……

後來紙妖很努力的替自己辯解，說因為古代的紙幣都只有一面，它才會以為我們現在的貨幣也是只有一面的，然後開始跟我說會努力學習什麼叫做雙面印刷。

但，管他正面還反面咧，偽鈔就算再誘人，我也是絕對不會去用的，至於雙面印刷，我只能千拜託萬拜託紙妖別去學，不然我怕紙妖對我腦神經的破壞力會變成兩倍……

『不用學嗎？但我想變得對安慈公更有用。』

「不必了，真的不必，你現在就夠有用了。」有用到把我的理智線鍛鍊到金鋼不壞的地步，這樣夠有用了吧？

『真的？』紙面上出現了幾條代表嬌羞的斜線紅暈。

「真的。」我保證不會再有其他妖怪能像你這般挑戰我的理智線了，我嘆口氣，然後看到一張紙面帶嬌羞的在那裡起舞兼灑小紙花，我好無奈，真的。

可看著紙妖散發著這樣單純的快樂，我的嘴角也不禁微揚，如果這張紙可以不要忘記收拾殘局（滿地兩光偽鈔）的話，我現在的心情應該會更好。

為了能用愉悅的心情觀看資料，我拿出打火機「請」紙妖把那堆散在地板上只有單面的兩光偽鈔收拾好後，才開始看手上的那一小疊魂屍大全。

魂屍，遊蕩在人世間的妖魂最悲涼的下場。

壽命到了盡頭的妖，其妖身將會散化為光點盡去，只有本命體的殘跡跟妖魂會留下來，有魂無體不成靈，若無法及時得到引渡，那麼意識就會逐漸褪去，記憶也會慢慢的遭到侵蝕，最後，將淪為沒有意識、沒有目的甚至沒有任何希望可言的屍體。

魂的屍體。

只有無的屍體。

然而，儘管化成「無」了，卻會本能的吞噬天地間的能量來維持魂體的存在，這種無意識的吞食是不知節制的，所以只要有魂屍存在的地方，那塊區域的能量就會慢慢的被蠶食鯨吞最後乾耗殆盡，魂屍也因此成為被驅逐的對象，妖者凡見魂屍必逐之，卻總是不忍殺之。

也許，是因為感受到魂屍的那份悽涼與無奈，所以才不忍殺吧。

等不到引渡者前來接引，只能惶惶然的任憑時間將自己的記憶、意志徹底消磨至虛無，換作任何妖都不願意，換作任何妖都會同情。

就是這份同情，讓魂屍成了相當棘手的存在，只能倚賴其他有所修為的生靈去處置，或者，倚賴「青燈」。

……嗯？

看到這，我呆了一下。

倚賴青燈？難道青燈有辦法拯救魂屍嗎？不對，從這個字裡行間我可半點都瞧不出哪裡透出拯救的訊息了，那應該就是反面意義——所以說青燈還要負責消滅魂屍?!

想到這個可能性我當下傻住了，立刻掏出隨身攜帶的青燈的居所，也不管上頭的青燈畫像還在熟睡，我開始卯起來搖打火機。

「青燈？青燈！醒醒啦別睡了，我有急事要問妳，出來一下好不好？」我一邊搖一邊喊，然後我只感覺到打火機上飄出一陣煙霧，然後我的檯燈晃了幾晃，暗去。時近黃昏，檯燈這麼一暗整個房間也跟著昏暗起來，然後我看到睡眼惺忪的青燈從打火機裡頭飄出來。

『夜安，安慈公，請問您喚我出來有什麼要緊的事情麼？』青燈揉了揉未醒的眼，然後望了望打火機再看了看我緊張的表情，頓時驚呼，整個清醒起來，『啊！莫非引導光出現了？』

「不是，沒有出現啦，妳先別緊張，我有點事情想跟妳請教所以才把妳吵醒的。」

『噢，敢問安慈公有何困擾需要奴家解惑？』聽到不是青光出現，她放鬆了下來，正坐看著我。

呃，這該怎麼說才好呢，我想一下……「那個，就是關於妳之前提過的那個魂屍啊……」

『是的，魂屍，請問有什麼問題嗎？』

「青燈的工作內容裡……有包含要『清理』魂屍嗎？」

『……』她沉默半晌，而我的心也懸了半天高，而後只見她一臉肅穆，正容道：『您知道什麼是魂屍了嗎？』

「大概知道，」揚了揚手上那疊資料，我用下巴比了比躲到書桌角落開始做起瑜珈來的紙妖，「紙妖整理給我看了。」

『那麼，您應該也知道魂屍之於天地，是百害而無一利的存在了。』

看看手上那些資料，我翻到下一頁瞧見那幅《魂屍圖》跟附在圖旁邊的注解，嗯，我想我懂青燈所說的百害無一利是什麼意思。

但這不是我想知道的重點。

我想知道的是，「所以，如果那天真的遇上了這個什麼魂屍的，我是不是真的……」要去處理？

『當然。』

囧。

天啊！拜託妳別回答得那麼乾脆！「我我我我什麼能力都沒有，要怎麼處理啊？」紙妖給的資料也沒寫遇上魂屍的話該怎麼辦，天可憐見，我只是個普通大學生啊！嗷嗚！

『安慈公無須多慮，時候到了您自然就會知道該怎麼做了，』青燈一臉平靜，像是要安撫我一樣又補了一句，『放心，安慈公，到時候奴家會在您身邊，跟您一起奮戰的。』她這麼說，只是平靜的臉在提到奮戰這兩字時似乎有些不太自然。

……這是需要奮戰的事情嗎？

我現在的臉色應該不是很好，但是看著青燈那一臉認真跟信任，在我那渺小又愚蠢的纖細自尊下，我偏偏又說不出什麼類似「我不想幹了」之類的話，該死，到底是誰說男子漢就該要頂天立地處變不驚的？

雖然我現在的確是頭頂天花板腳踏白磁磚，但處變不驚？抱歉，這個表情只是茫然而已。我連渡妖該怎麼渡都還不知道，突然又讓我知道可能需要「奮戰」的消息，相信我，只要是正常在人類社會長大的孩子絕對會覺得茫然的。

如果有人可以很開心的接受眼前這類事實，麻煩請跟我聯絡，謝謝，我想我可能需要這種人來幫我做個心理輔導或是心理建設之類的。

就在我正努力消化這個令我茫然不已的訊息時，我手上握著的打火機突然「嚓」的一聲自己冒出了火來，聽到這個聲音我嚇了一跳，朝手中望去，只見打火機上冒出一道三吋高的火苗，重點是，火苗是青色的。

這是……？

「青燈，這火是妳用的嗎？」我遲疑的指著那道火，問。

『火？』她呆了呆，看著我指的方向，滿臉狐疑的對我搖搖頭，『安慈公，您在說什麼呀，奴家並沒有瞧見什麼火啊？』

咦？

「可是，這裡有團青火，不是我點的啊……」我對天發誓我剛剛絕對沒有動打火機，只是很單純的握著而已。

聞言，青燈倏地睜大了眼，還是個火柴大小的她立刻飄飛到我眼前，燈杖也被她從打火機裡喚了出來，『安慈公，那火是否長三吋，周圍有靈光，且開始移動？』

呃，不好意思，「什麼是靈光？」我的腦袋不太靈光，聽不懂這個名詞。

『哎呀，靈光？這個……這個靈光就是靈光啊……』似乎是第一次遇到有人問這種問題，青燈一整個不知道該怎麼解釋才好，一時之間只能慌慌張張的飄過來飄過去，再飄過來再飄過去，她好像只要一慌就會這樣，實在很好捉摸。

看，現在又在那裡「怎生是好……怎生是好呀？」的亂飄了。

「青燈小姐，青燈……青燈！」為了避免我的眼睛被晃到花掉，我擋住了青燈的飄移路線讓她撞上我的掌，「別飄了別飄了，我不知道這有沒有靈光，但是火苗開始動了，現在怎麼辦？這是什麼啊？」

『安慈公，那就是引導光啊！』

啥？這就是？

我瞪著那個非常旺盛的火，這引導光還真的是有夠明顯啊……「所以？這火苗會帶我們過去嗎？」

『不會。』

咦？「那我們怎麼知道哪裡有快死掉的妖怪啊？」

『火光會顯示地點，當您確定地點而青火也認同您的判斷是正確無誤的之後，您就會知道時間的。』青燈說的很理所當然，但是聽在我耳裡可不是這樣。

「……也就是說，它會弄個畫面出來，然後要我自己判斷那個畫面是在哪裡這樣？」

『大致上是這樣沒錯。』

轟！

這是我腦袋爆炸的聲音。

「不是吧！臺灣說大不大說小也不小耶，它要是出現個我沒看過的地點怎麼辦啊？」

『咦？安慈公難道尚未遍足臺灣嗎？』聽到我這話，青燈一臉不敢置信的看著我，拜託，就算我真的踏遍了臺灣，也不可能每個景色每個角度都記得啊，我還沒真的成妖呢……

『哎呀，那該怎生是好……怎生是好呀？』

別飄了，我求妳。

「不管了，先看看吧，真的不行的話只好先把場景拍下來再想辦法，」雖然不太確定這種畫面相機拍不拍得到，但我還是回去拿了我的數位相機，就在我準備好的時候，那團火苗變大了，一個畫面出現在火中，這是……「看起來好眼熟啊……」

『怎麼樣？安慈公，您知道地點麼？』青燈有點緊張，因為她看不到這把引導用的青火，自然也無法探知火中的內容。

「呃，好像知道又好像不太瞭……」我頭大地瞪著火圈，頗有正在參加看照片猜地點有獎徵答活動的感覺，只是猜中沒獎金，猜不中就要造孽了，「難道……是東部？」

滋！

腦中有一瞬間的雜訊閃過，然後一個很模糊的時間閃了出來。

兩天後。

很好，看來真的是在東部，想不到這青火這麼貼心，答對一步會給提示的啊？那以後猜不出來的話就可以先東南西北中的問過一輪，用刪減法縮小範圍！嘿嘿，我真聰明~

心底打著小算盤，我繼續看著火中的景象，畫面出現了一片綠油油……東部，然後又會一整片綠油油的地方，初步判斷不是觀光聖地就是鄉下，這個旁邊看起來很像有旅館的樣子，所以應該是觀光地區，那這個是什麼植物？

平常對植物沒什麼研究，這下可糗了，我瞪著那片綠油油，想半天猜不出來，而火已經要燒完了。

×的！這怎麼成？

「紙妖，幫個忙！」

『是！安慈公有何吩咐？』紙妖很快樂的飄了過來。

「圖書館裡應該會有旅遊資料吧？你看過沒？」

『看過。』

「好，給我東部旅遊聖地的花卉照片，快點！」我說，然後就這樣又損失了將近半包的搭波A庫存……有些心痛，但是跟造孽比起來，這點紙張的耗損是可以接受的，我快速接過紙妖噴過來的資料，這一看，我忍不住大罵起來，「靠！你這黑白的啊?!」這樣要我怎麼看啊？「不能來點顏色嗎？」

『沒辦法，』紙妖無辜的寫道，『天生缺陷。』它印不出這種綠色。

缺你——不行，我要忍住。

紙妖已經很努力在幫忙了，而且給的資料基本上除了太黑之外也沒什麼不對的地方，我不能要求太多，我著急地翻著那些圖片，努力想對照火光中的綠油油，而相對於我這邊的努力跟奮鬥，青燈還在那裡「怎生是好」地飄，紙妖則是跑去一邊哀怨自己的天生缺陷去了。

是怎樣？放我孤軍奮戰就對了？

不得已，我在那火圈消失之前用相機對著裡頭的景象拍了一下，這一拍……慘，我忘了這臺會自動偵測光線夠不夠，現在房間這麼暗，它很自然的打開了閃光燈，而這相機的閃光燈又特別大聲，所以就在這很威的強光一閃後……

喀、嚓——嗡～～（前面是閃光燈的音效，後面則是閃光燈縮回去的聲音）

這聲音在寧靜的房間裡顯得特別刺耳，於是，阿祥爬起來了……

「……？什麼聲音？」他迷迷糊糊的撐起身子，我大呼不妙，連忙使眼色讓青燈回去，至於紙妖……那隻不管到哪都只要向前臥倒就能馬上形成完美的天然偽裝，不躲也沒差。

「沒什麼啦，我在測試相機。」

「是喔……呼哈……」打著呵欠，阿祥揉著眼睛坐起，「安慈，現在幾點了啊？怎麼房間那麼暗，也不開個燈……」

我看了看手機，「現在五點半，你在睡覺嘛，我不好意思開燈。」

「五點半了啊？哈啊……那差不多該吃飯了。」又打了個哈欠，阿祥爬下床，然後將燈打開，燈一開，他馬上就看到我手上滿滿的資料，「哇啊，安慈，你要去臺東玩喔？這個是……你想去賞花？」

「欸……沒有啦，只是看一下而已。」

「幹嘛印黑白的啊？」他從我手上拿過其中一張，「這樣超沒Fu耶。」

天生缺陷……啊不是，「印這個用彩色的很浪費嘛。」

「噢，」阿祥老樣子的相信了這個理由，然後看向我手中的相機，「嗯？你最近有去臺東？」

「沒啊，幹嘛這麼問。」

「你的相機，那上面照的地方不是臺東嗎？」他指著我的相機，這時我才發現，那個相機液晶畫面居然出現了剛剛那火圈之中的綠油油！

我咧、還真的照得出來啊？

不，等等……「你知道這是臺東？」

「知道啊，不就是那個洛神花田？」

啥？「這是洛神花田？」我瞪著那個綠油油，怎麼也想像不出這會是那個宛如紅焰奔放的洛神花田。

「沒辦法，現在才幾月啊，洛神花是十月那邊的東西，現在看當然什麼都看不到囉，你怎麼會照這種東西？」聳聳肩，阿祥一臉輕描淡寫地說，然後，我的腦袋突然又閃過了一個訊息。

丑時。

看來是賓果了。

兩天後，丑時，臺東洛神花田。

也就是兩天後的凌晨一點到三點之間，在臺東的洛神花田那裡將有妖怪消逝，而我呢，必須百里迢迢地衝過去替這個消逝的妖怪提燈指路，免得他們因為找不到路而變成可憐的魂屍。

這個超現實的現實讓我這兩天上課不專心到一個極致，連阿祥那個粗神經都抓得到我在走神，更別提老師了，所以這兩天內我被老師點名的次數是我整個學期以來的總和……

……真是災難啊，大災難。

而更可怕的災難是我得想辦法在時限之前把自己弄到臺東去，然後再想辦法把自己弄回來，一定得當天來回，隔天還有課要上咧，根據這兩天來累積的諸多不良表現，要是我敢蹺課的話教授可能就要找我去喝茶聊天了。

「……我不想被抓去泡老人茶。」下巴抵著桌子，我無奈的坐在學校交誼廳的桌椅上，耳邊是中午的新聞播報，今晚，就是那個兩天後的凌晨了，而我現在還沒有半點好方法，過去是簡單，可回來怎麼辦？

提燈引完路都三更半夜了，那種時間說多尷尬有多尷尬，是可以搭二十四小時的客運回高雄，但也得先想辦法從那個花田到客運總站才行，那個時候肯定沒有計程車的，難道要去租機車嗎？我很窮，不想被坑錢啊。

如果真的要租機車才行的話，我寧可跟阿祥借車然後飆過去，這樣搞不好還比較省。我這麼想著，然後「啪」。

一個包著便當的塑膠袋憑空出現放到了我的面前。

「阿祥特別專送，蕃茄火腿蛋炒飯，保證新鮮絕對熱炒！」大剌剌地拉開我隔壁的椅子坐下，阿祥從塑膠袋裡拿出其中一個便當，「另一個你的，飲料都是奶茶，兩倍糖的那個是我的不要拿錯啊！」他說，大有拿錯就跟你拚命的架勢。

「怎麼買那麼久？」我們兩個是輪流買午餐的，這樣兩天就可以偷懶一天，何樂而不為，拿起袋子裡的炒飯，嗯，是我昨天買的那一家。

「人多嘛。」

我斜眼看他，人多？聽他在講。「昨天我也買這家，人的確很多，但我可沒有買超過半個小時。」

「好啦，順便看了幾眼正咩，那家店來了個新的工讀生，超正耶！」

……果然不出所料，昨天去買炒飯的時候看到那個新工讀生我就在想了，阿祥這小子絕對不可能錯過能光明正大看妹的機會，「收起你的豬哥嘴臉吧，那一個死會了啦。」

嚇！「你怎麼知道?!」阿祥的表情像是受到了什麼嚴重的打擊。

「哼哼，小道消息囉～」學校ＢＢＳ的正妹板是好物，我得意地笑了幾聲然後拆開便當開始吃午餐，「不說這個，阿祥，今天晚上你機車能不能借我？」

「要幹嘛？」

去臺東渡妖。

這種理由我說的出來才有鬼，但是要跟人家借東西，總不能什麼理由都不講吧，所以我選擇供出部分事實，「我今天晚上想去臺東一趟。」

「臺東?!」他嘴邊的炒飯掉了下來，「你去臺東幹嘛？你明天要蹺課喔？」

「沒有要蹺課啦，」我還不想去跟教授喝茶，我無奈地吃著炒飯，「只是有點急事得過去辦……」

「什麼人命關天的大事讓你這麼衝？聯誼都沒看你這麼積極。」

抱歉喔，我就是對聯誼沒興趣，還有，那不是人命關天而是妖命關天，「隨便啦，你借不借？不借的話早點講，我好去跟其他同學情商。」

「借是沒什麼問題，不過油你要自己加喔，」他說，然後頓了頓，「你這兩天那麼奇怪，該不會就是為了這個『急事』吧？」

「……算是啦。」我嘆，一想到未來每兩三天就得這麼「出勤」一次，心頭的沉重就不打一處來。

「要不我陪你去？」阿祥一臉關心的看著我，「這樣我們可以輪流騎車，一個人飆去臺東再飆回來，很累的。」

感受到兄弟的關心，說不感動是不騙人的，「阿祥，你的嘴巴偶爾也會吐出象牙嘛。」

「我一直都只吐象牙的好嗎，」他哼了哼，繼續朝炒飯進攻，「晚上什麼時候出發？」

「謝謝你的好意，但我還是自己去好了，」或者說必須自己去，「那是很私人的私事，你去了我怕你會尷尬……」

「拜託，是不是兄弟啊？有事情都不說的喔，多少透露一點我改天也好幫忙嘛。」阿祥皺起了眉，大有非要問出點蛛絲馬跡的氣勢。

我咧，這要我怎麼說啊？

就在我不知道該怎麼搪塞過去的這個時候，我的炒飯便當盒蓋開始出現一些字樣，全部都是紙妖遞送過來的餿主意。

『相親。』相你媽啦！我才二十歲！

『幽會。』幽個頭！林北單身！

『其實你是個外星人，現在要去跟母艦會合。』……我不知道妖怪也看電影。

諸如此類一聽就知道是扯淡的藉口一個個浮現在我的便當盒蓋上，在被我一一否決後，紙妖依舊不屈不撓的繼續貢獻它的偉大方案，這小子，自從重生那天失去了本命棲身的紙之後，就到處附在各種紙上，也不知道去看了多少奇奇怪怪的書，變得是越來越白目了。

聽青燈說，過去那兩個碰到青火而得到重生的妖，原先的本體都有跟著重生，可不知道為什麼紙妖的紙卻沒有遵循這樣的前例，昨晚我有稍微問了一下青燈，她說，也許是因為我是半妖的關係。

她有些委婉地告訴我。

『雖然安慈公的確是成功燃起了青火，但蘊藏在其中的重生之力可能不是那麼完整，所以無法將紙爺的本命原身重塑，』青燈說，然後像是要安慰我似的補充，『當然，那些都只是奴家的猜測，能夠重生對吾輩來說已是萬幸，雖然本命原身沒了，但奴家相信紙爺不會因此心存埋怨的。』她這麼說，而看著沒事就往我身上灑小紙花的紙妖，我想它的字典裡應該沒有埋怨這兩個字。

「青燈，」那時，我有些疑惑看著在各種紙張中穿梭的紙妖，「既然可以像這樣依附，那為什麼那些沒被引渡的妖魂不如法炮製呢？」魂屍是因為無體不成靈，只能任由記憶消散最後成為只有「無」的屍體，這樣的話不是只要找個「體」就解決了？

『不成的，』青燈搖頭，『消亡之時代表一切盡亡，只有記憶跟意識能留著，其餘能力都化為虛無，也無法依附，除非能得到有心人幫忙將魂封入器內，否則……無解。』

聽到這樣的說詞，我又湧起一個疑惑，我雖然明白魂屍的成因，但是，「到底為什麼會有魂屍？難道有地方沒有青燈嗎？」

『這……若是受傷過重，本命被毀又找不到依存之所，也有可能成為魂屍，魂屍的形成有很多種可能性……』也許是不太喜歡這類話題，她的眼神有些閃爍的避著我，『至於其他地方的青燈，這個奴家就不知道了……』

「噢。」看到青燈明顯不想繼續這個討論，我摸摸鼻子不再問下去，看著那無憂無慮地在書本間穿梭的紙妖，我笑著把它招來，「你要機靈點啊，不然被人發現有張紙在我桌上跳舞，我又要跟人說我在變魔術了。」

『沒問題！』它寫道，然後就一溜煙的不知跑哪去了。

我想，可能是又跑去翻什麼奇怪的書了吧，像是《撤退的一百種方法》、《第一次捉迷藏就上手》跟《你不可不知道的躲貓貓》之類的。

因為在那之後，紙妖的前仆臥倒偽裝大法跟匍匐前進脫離現場的技能都順利修練至大成的境界，只要它有心想躲，絕對不會被任何人找到，哪怕FBI來也不行。

果然有看書有差啊。

這就是我昨晚最深的感慨。

但，我現在深深的覺得當初應該要叫紙妖慎選書籍，雖然不知道它都看了些什麼鬼，但我能肯定的是，這傢伙的白目等級在看書的過程中也順便一起修練到大成了。

因為在我便當盒蓋上出現的那些獻策，已經堂堂脫離了「欠扁」的等級開始昇華到「殺無赦」的地步。

就在我決定要把盒蓋拆下來撕掉的那一瞬間，我看到了一個勉勉強強可以接受的理由。

雖然還是有點扯，但至少跟外星人比起來好太多了，在我掰不出其他正當理由的現在，只能湊合點將就用下。

「阿祥……」於是，也不管這話說出來會有多少人相信，我目不斜視的看著盒蓋上的獻策，「老實說，我是要過去找我失散多年的兄弟姐妹，所以真的不方便讓你跟我一起去……」為求逼真，我還照著便當盒上的指示，用異常低落的口氣跟滿臉哀痛說出這句話。

語出，阿祥滿臉錯愕的看著我，臉上的表情之精采前所未見。

……慘了，果然這種理由聽起來還是太鳥嗎？但我覺得跟「與母艦會合」比起來已經是比較能讓社會大眾接受的理由了。

一片沉默籠罩在我們兩個之間，耳邊的新聞播報繼續，主播開始報起氣象，嗯，看來今天晚上會是好天氣，至少不會下雨……（逃避）

靜默持續了太久，這種氣氛讓我有點受不了，是說，阿祥你想笑就笑嘛，我在你心中是那麼禁不起嘲笑的人嗎？這樣靜下來很奇怪你知不知道啊？

又過了半晌，就在我決定要打哈哈的跟阿祥說「剛剛那是開玩笑的」的時候，阿祥突然眼角含淚，表情比我還要悲慟地用力拍了我的肩膀。

「安慈！」他說，在這個瞬間，我隱約看到阿祥背後寫著「真情滿天下」這幾個大字，「你去吧！油錢我出！啊啊……親生兄弟在小時候被拆散現在終於可以認祖歸宗，而我可以用朋友的立場促成這一樁美事實在是太好了、太好了！」

看著阿祥那一臉激動的樣子，這一瞬間，我的心底突然湧起了對室友的強烈擔憂……阿祥……你這樣活在世界上真的沒問題嗎……囧。

我把出發時間訂在晚上七點，考慮到抵達臺東之後還得去找那片花田，所以我把找路的時間也估進去了，騎到臺東差不多要四個小時，找地方找個一個多小時應該夠吧？如果一切順利，應該可以在十二點的時候到那個花田。

路線的話，在課程結束之後我回宿舍上網查了一下，總之先往小港方向騎，從臺9線過去然後接臺11線，這樣應該就可以順利到臺東了，然後剩下就是要找那個花田的位置……

我先搜尋往臺東的路線再開始找有關洛神花田的資訊，而就在我要開始找的時候，阿祥那傢伙像背後靈一樣冒了出來。

「你這是要去哪裡啊？」阿祥在我旁邊竄出來，看著我的電腦螢幕跟我手上的資料，「如果你要去花田那邊就不能這樣騎，你會跑去知本的。」

啊？「那要怎麼騎？我得去找這個地方。」我晃了晃手中那個黑白的資料。

「你沿著臺9線，我看喔，講到洛神花田的話應該就是金峰鄉……」他想了一下，然後拿出地圖來開始跟我討論路線。因為是頗知名的觀光聖地，所以路線什麼的在我跟阿祥的討論之下沒兩下就搞定了。

反正怎麼走也就那麼一條，不要錯過該轉彎的地方就沒問題了。

「謝啦，對了阿祥，你這地圖等等借我一下。」我要拿去給紙妖看，不知道紙妖看不看得懂地圖。

「ＯＫ啊，你就拿去，不過你七點出發……那得弄到幾點才回來啊？」

「快的話五點多，最慢……」如果三點才收工的話，飆車回來差不多七點左右，「我想應該來得及上八點的課，」想到明天早上八點就有課，我去切腹的心情都有了，「今天是注定要通宵了。」

「為了家族團圓，這樣的犧牲是值得的！」阿祥很熱血地拍著我，看著毫不懷疑我那爛理由的阿祥，我真的完全不知道該說什麼好，算了，就當是這樣吧，看他相信到這種地步，我實在不忍心戳破阿祥在腦中編織出來的「左家幸福團圓圖」。

吃完晚餐之後，我騎著阿祥特地加滿油的機車出發了，身上沒有特別帶什麼東西，就錢包手機還有打火機，真要說特別的話，那就是我在車箱裡放了一包全新的搭波A。

是的，紙妖看完地圖之後就吵著要跟，不管我怎麼勸說都沒用，它似乎鐵了心要跟上來，甚至不擇手段的依附到我錢包裡的鈔票上……

「你跟去幹嘛啦！」雖然對著百元鈔發火看起來很像神經病，我還是忍不住把那張會自己扭來扭去喬姿勢的鈔票從錢包裡抽出來開罵。

『我想幫忙，安慈公不要丟下我。』

鈔票變得皺巴巴的，配上這行字之後看上去的感覺很可憐，但是，不要顯字在我的鈔票上，謝謝。

「你是能幫什麼忙啊？給我乖乖待在宿舍。」

『不要。』堅持。

我不知道紙妖在堅持什麼，總之，最後我還是讓步了，因為我實在不想全身上下只能帶硬幣的跑去臺東，那樣很重，而作為交換條件，我叫紙妖乖乖待在車箱裡，不然我怕騎車騎到一半還得回頭去追不小心飛出去的紙張。

車程有將近四個小時多，怕它一張紙窩在裡頭會太無聊，我特地放了一包A4在裡面給它玩，至於空氣……我想一張紙應該不會有什麼窒息的問題才對。

我甚至還放了一本旅遊雜誌在裡頭，這樣它玩膩A4了還可以依附進去看點東西解悶。

「我真是個大好人。」用力蓋上車箱蓋，我坐上去戴好安全帽後發動機車，總之，根據預定計畫先往小港方向騎過去吧，出、發！

一個人騎車是很無聊的，但是只要在腦內哼點歌還什麼的感覺就會還好，因為覺得一口氣騎過去實在太累，所以我大概騎了兩個多小時之後有停下來稍微休息一下喝口水。

不知道紙妖現在怎麼樣。

雖然有準備東西給它，但兩個多小時過去了，它會不會覺得無聊了？抱著這樣的想法我打開了車箱蓋，瞬間，一張溼答答的紙從裡頭衝出來就想往我身上撲！

嚇！是安怎?!

我立刻反手把那張紙擋下來，哇靠、在滴水耶！這是怎樣啊？

「你、你怎麼了？」

『裡面好黑……』一張紙抖得宛如秋風落葉，因為濕掉的關係所以顯在身上的字都有些糊糊的，『好可怕喔……安慈公，我不要待在裡面……』

無言。

瞪著那張溼答答的紙，我第一次知道妖怪會怕黑，「好啦好啦，讓你出來就是了，你身上這些水是怎麼回事？」

『眼淚。』

紙妖有些靦腆的顯出這兩個字，然後在空中開始自體扭轉企圖將自己給擰乾，是說，這招該不會就是你平常練瑜珈的目的吧……

還有，你到底從哪個地方哭出這些眼淚來的？

捏著那張半溼的紙，我怎麼看都找不出哪裡有類似眼睛的構造，後來要出發的時候紙妖當然是打死也不進車箱了，當然我也不會那麼殘忍，人家都哭到全身溼透了，再把它丟在車箱裡實在是說不過去。

所以我讓它依附在雜誌上面，然後把雜誌捲起來塞在機車鑰匙孔下的置物處，撇去雜誌有時候會突然莫名的扭來扭去之外，紙妖已經安分許多，至少不會再滴水了。

順利的騎到臺東縣之後，洛神花田的位置比我想像中的還好找，不過因為夜深人靜的關係，所以我是偷偷摸過去的，沒有帶手電筒，我直接靠青燈的光來照明，這樣也比較不引人注目。

畢竟看得到青火的人不多，而且又比手電筒方便。

「應該就是這附近，」就著青光，眼前那片翠綠的影像開始跟我記憶中火圈裡的那一幕重疊，低頭看看錶，很好，跟預估的時間差不多，才快十二點而已，可是，雖然距離引導光跟我說的丑時還有一點距離沒錯，但……「怎麼沒看到妖啊？」

『安慈公莫急，』飄在我身邊的青燈說，此時的她已經恢復成本來的大小，『時辰到了，亡妖自然會出現的。』

「是喔……」聽著青燈的解釋，我四處張望了一下走進花田中，走了一會兒之後，就在眼前的景色完全跟記憶中吻合的那一瞬間，我的腦中出現了一個訊息。

是這裡了，我很肯定，就在我打算找個位置坐下來等順便跟青燈聊聊天的時候，耳邊飄出了一個陌生的聲音。

『你……就是要來接哀家走的人？』

誰?!我大驚，但四周沒有任何人，我也沒瞧見有妖。

『真稀奇，是個半妖呢……帶著青燈的半妖還有一紙遺失本命的妖……呵呵，哀家還真是開了眼界了，』輕輕的笑聲在花田中響起，然後我前方不遠處，一朵洛神突然盛開，洛神之上，一名美麗雍容的年輕女子緩步走出，『但，時辰未到吧？你這麼早來，是要來監督哀家的嗎？』

她穿著一身潔淨的雪白宮服，鮮紅的長髮如瀑布般垂至地面，潤玉般的裸足在虛空之中踏步，每踏出一步身形就增大一吋，直到她已恍若真人般時她才停下腳步。

在她的身後，她方才經過的地方開滿了洛神。

白花洛神，我到今天才知道原來洛神花是白的。

「呃……那個，我沒有那個意思，因為我沒來過這附近，怕會迷路誤了時辰，所以才、才這麼早到……」也許是被對方的氣勢所震，我回答的有些結巴，不太敢看眼前這個美得驚人的女子，不知為何，我的心中有些違和感。

這是花妖，這應該是洛神花妖沒錯，但為什麼我會覺得有哪裡不太對勁？這樣的不對勁讓我一直不敢抬頭，鼻間瀰漫著若有似無的洛神花香，接著，我聽到了青燈有些愕然的驚呼。

『您是……妖仙？』

咦？

聽到這聲驚呼，我瞪大了眼，花香漸濃。

妖仙。

妖怪修行到一個程度之後窺得了天道，自此踏入仙籍者就稱為妖仙，難怪我會有違和感，難怪我怎麼也無法認同面前的女子為妖怪，因為她根本已經不能算是「妖怪」了。

但，踏入仙籍之後應該就是長生不死，就算因為意外而殞落也應該是以仙的身分死去，且不提眼前這位看起來完好如初的妖仙為何會在一小時之後死去，既然對方身為妖仙，死後怎麼會是由青燈來領？

『你看起來似乎很疑惑？』沒有正面回應青燈的驚訝，飄浮於空的她抬手用那青蔥般的手指抬起我的下巴，『哎呀？臉紅了呢，真可愛。』

嗚……被這麼一個比花還嬌冶的女性這樣抬下巴，我害羞是很正常的反應好嗎！

『在生命的終末能有兩位青燈於身側相伴，哀家真是備感榮幸，』她收回了自己的手，然後提問，『人子啊，你可知妖是如何誕生的？』

啊？幹嘛突然問我這個？

我是知道妖怪是由世間萬物「醞釀」而來，但是切確的誕生法……老實說我並不是很了解，如果硬要我用自己可以理解的話來解釋，大概就是：拿個東西擺在那裡曬太陽然後某天妖怪就會自己蹦出來了……

這種話我講不出口，真的。（掩面）

『呵呵……』突然，妖仙笑了起來，她本就美，這樣一笑起來更是……我突然理解什麼叫做傾國傾城了，『人子，你很有趣，妖之初，雖不中亦不遠矣啊。』

「咦？」她在說什麼？我有些莫名奇妙，然後青燈拉了拉我的袖子，道。

『真的妖仙，是能洞悉人心的。』

大驚！

我的臉應該熟透了。

天啊好丟臉，所以說我現在不管想什麼她都會知道嗎？

『妖的誕生需要一點時間，一點運氣，還有一點知遇，』妖仙說，伸手撫著一旁的花葉，『然而現世的環境卻很難同時擁有這些，所以妖的誕生減少了……人子啊，你可知妖是如何成長的？』

她看著我問，可我這次不敢再亂想免得出糗，只好努力搖頭。

『妖的成長仰賴時間跟天地靈氣，而在初期最重要的是要維繫住本命的存在，』纖指輕點，一朵洛神在她掌中盛開，『然而，現世的環境對新生之妖來說實在太過苛刻，太過苛刻了……』

對有點修行的妖者而言，本命被毀雖然是嚴重的大事，卻還不至於到一定會喪命的地步，只要能即時尋求其他的依附與幫助，經過一定時間的調息後就不會有問題了，但對剛誕生的妖來說，失去本命就完了。

『哀家來到這座島至今約有五百餘年，這段期間哀家見證了七位後輩的誕生，卻也同時見證了她們因失去本命而被迫消亡的命運，』她掌中的洛神迅速凋零，只留下如紅寶石般的花萼，『曾幾何時，人子們已經不再尊重山野林間了呢……』

宛若嘆息般的語調，這話堵得我什麼回應都說不出口，因為，我明白這段話是什麼意思，在現在這個時代，即使山林順利孕育出妖來，新生的妖也會間接地死在人們的開發跟建設上，儘管人們沒有特意去除妖，卻無意間除去了初生者的本命。

新生的妖哪來的修行去承受這樣的傷害呢?於是只能消失，只能滅亡。

轉頭看向青燈，她平靜的臉中透出了類似的哀傷。

啊、是了。

花妖所說的後輩，應該是由她親手接引的，加上本身是妖怪的關係，她的感受肯定比我還要深刻許多。

『雖有新生，卻無新成者，如此下去，吾輩恐怕就要消逝於現世了……』鮮紅的花萼化成了風沙散去，妖仙說，然後帶著淺笑看著我，『人子啊，你在為吾輩傷懷嗎？』

「我……」我說不出話來，但是妖仙那深刻的無奈與悲傷感染了我，身為人，留有妖血的人，在這種時刻我無法替人類辯解什麼，也辯解不了什麼，但至少……「對不起……」我還能道歉。

語出，妖仙跟青燈同時盯著我看，這讓我有點不知所措，可是，「雖然這句話聽起來太過矯情，可是我希望妳們能明白，不是所有的人類都是那樣的……也、也是有不少人喜歡與妳們和平共處的……」

『……哀家很幸運，』聽著我說的話，妖仙微笑，『在最後能由你這樣的人子來引渡，哀家沒有什麼遺憾了。』

『妖仙大人，您……』

『也許你們會覺得哀家是在做無謂的掙扎吧，但哀家只是想替吾輩留下一點希望……』她輕輕地說，然後柔和的淡紅光點開始從她身上飄散而出，洛神花香頓時濃郁了起來，淡紅的光點越來越多…越來越多……

散到了整片山野，甚至散到山的另一邊，沒入天際宛如淡緋色星辰。

看著這些光點散漫於空，青燈跪伏下來，朝著妖仙行了一個大禮，『奴家代替所有未來的新生，在此謝過妖仙大人的恩德。』

這、現在到底是怎麼回事？

我想問青燈，但是青燈現在這個模樣我根本不好意思去拉她，想問紙妖，可紙妖……

我第一次看到紙妖這麼正經又慎重的樣子。

雖然一張紙可能看不出來有多莊重，可是它此時散發出來的氛圍，竟是讓我在一時之間沒辦法出聲打斷。

我惶惶然地看著妖仙身上的光不停地散往四周，腦海中，有一種莫名的感覺湧現：妖仙正在一步步的靠近死亡，花葉無風而動，沙沙作響著。

我感覺到周遭有一種沉重又哀傷的敬意，被這樣的意念包圍，我忽然明白了妖仙身上那些光點的意義。

那是「道」。

是妖仙修行了漫長歲月後，累積而得的「道」，而她將它盡數散給了原野跟大地，為的是讓往後誕生於這片土地的妖能夠避免夭折的命運。

妖仙所贈與的「道」將幫助之後新生的妖築基，有了根基在，即使本命遭到摧毀也還有一絲存活的機會，可散盡自身的「道」就是變相的自殺，她僅僅是為了這不知道能有多大功效的機會就……

「……為什麼……」我不自覺地跟著跪了下來，萬物的情緒染上了我，我的心頭像是被壓了一塊沉重的大石，難受且令人屏息。

『哀家不是說了嘛……』她輕笑，被光點環繞的她宛若夢幻，『只是想替後輩留下一點希望……而且，哀家希望能以妖的身分亡去。』所以她捨去了仙籍，在此等待青燈來引。

我哭了，不明所以的，眼淚就這樣掉了下來。

『人子啊……你在為哀家流淚麼？』

「我……我不知道……」我真的不知道為什麼自己會突然這樣，好像是天地之間有什麼聚集在我身邊，希望我代替他們流出淚水一樣。

妖仙沉默了一下，信步朝我飄行而來，這時我才發現那些散出來的光點並不只是妖仙的「道」而已，還是她的本體，隨著緋光的散去，妖仙自膝蓋以下的部位已經不見了。化成了光。

『也許，哀家可以拜託你，』她若有所思的看著我，輕道：『過去，哀家的一位老朋友在離去之時特地前來，讓哀家照看他的孫女兒，哀家答應了，於是在此滯留數百年，這段期間哀家也算是不負所托，如今，哀家要去了……』

她降下身子與跪下來的我平視，腰際以下已經散光，『人子啊，你可願幫哀家一個忙？』

我？

聽到這樣的請求，我傻了一下，難道是要我幫忙照看那個什麼「孫女兒」嗎？「可我、我並沒有任何的能力，可能沒辦法幫到什麼忙……」而且到時若真的發生了什麼事，我也沒輒啊。

『人子，你誤會了，』她淺笑著搖頭，『哀家只是希望你幫忙帶個口信，免得讓那孩子在今年洛神花開之時空等一場，哀家每年洛神花季時都會過去看她的，想來今年是不成了……』

原來是要拜託這個。

我的臉一陣紅一陣白，雖然不想招惹麻煩事乃是人之常情，但一想到我剛才居然只想著如何推辭婉拒，就覺得這樣的自己實在丟臉。

「沒問題，我一定幫妳傳話，」所以我很用力地點頭答應了，「她在哪裡？」

『就在你與那紙失去本命的妖結緣的地方，那孩子就待在那裡，』她說，抓緊身體完全消失之前的最後時間，『那孩子的本體是鏡子，你的同伴會找得到的，還有……』有些欲言又止，妖仙頓了頓：

『還有……如果可以的話，請幫忙將哀家留下的殘體埋在梔子花樹下，雖然只是個可有可無的形式，但哀家……實在很喜歡梔子花……』

梔子花？

「嗯，我明白了，我會做到的。」我說，然後看著只剩下絕美面容於空的妖仙對我露出了美麗的笑。

『謝謝，啊啊……』她的笑裡帶著滿足，『這樣就沒有遺憾也再無罣礙了，我也無須再自稱哀家……如此甚好……甚好……』

然後，緋色的光點散盡，只剩下淡淡的螢光在我面前，地上，出現了一株枯萎的洛神，鮮紅欲滴的花萼靜靜躺在地上。

我知道這是什麼，也知道這代表什麼。

『安慈公……』一直跪伏在地的青燈抬起了頭，然後將燈杖朝我遞來，這讓我有些困惑的看著她，『跟在一旁指路相比，奴家以為……您會比較希望親自送妖仙大人一程……』

我沉默了，看著眼前的螢光點點，看著那株枯萎的洛神，我也不知道自己是怎麼想的，只曉得我拾起了地上那宛如寶石般的花萼，然後接過了燈杖。

「我該怎麼做？」我站起身，對青燈伸出了手。

『讓奴家助安慈公一臂之力。』她說，將手覆在我的掌心上，而後只見一道青光乍現，青燈憑空消失，而我的眼前突然清明了起來。

我知道這是什麼，這是真正的「青燈」的視線。

「……青燈？」

『奴家在，』我的腦海中傳來了回應，『奴家與安慈公一道，走吧，該出發了……』

「嗯……」

我想，這樣的情況應該是被附身吧？但我並不是很在意，看著自眼前延伸出去的清晰光線，我踏出了步伐。

人死幽行渡奈何，妖死直過青火燈。

亡妖要過的橋是飄渺不定的，隨時隨地都在改變位置，而「青燈」所看到的光線，不但是領妖前去渡橋的光線，也是吸引燈橋前來的光線。

我拿著燈杖，順著這道光途走下去，偶爾回頭確認妖仙的螢光有沒有跟上，在走了好長一段路之後，一道由燈火排列而成的「橋」出現在我們面前。

橋並沒有橋身，嚴格說起來只是由兩行燈火排出的一條道路而已，這就是妖的終點，這就是妖最後要走的路。

握緊手中的鮮紅花萼，我目送妖仙的螢光朝那燈橋飄去，青色的火光在亡妖的螢光經過之後就會熄滅，燈橋在妖仙的前行之下慢慢消失。

而當所有的燈全數熄滅，妖仙那點點螢光也徹底消失在我眼前，這時，我才發現我的臉上掛滿了淚。

這淚水是我的？還是青燈的？

我不知道，真的不知道……

持燈翩然一方盡　引渡橋頭望眾生

燈行於此　送君渡橋

青燈・之四　承諾

情者去之為青　意者取之為憶

若有言　唯心而已

我不知道我是怎麼回到機車上的，總之，當我回過神時，人已經離開那片洛神花田並且騎在回程的道路上了，至於是誰控制我的身體做出這些動作的……除了附身在我身上的青燈之外不做第二人想。

原來被附身的人真的可以被控制著做出各種事情。

我有些新奇的看著自己會自動做出動作的身體，老實講，這是一種很微妙的體驗，你可以感覺到身上傳過來的一切感覺，像是微風的吹拂啦、溫度的變化啦等等，可身體的控制權卻不在自己身上。

嗯，有點類似變相的植物人？

我胡思亂想地沉浸在體會中，然後天空濛濛亮了起來，日出的光芒雖然還不是很強烈，但因為我的眼睛昨晚流淚流得太徹底，短時間內還沒辦法接受這種光度的刺激，所以我不得不低頭避開，反正現在不是我在騎車，不看前面也沒關係。

於是，我心安理得的低下頭想說搞不好能趁機睡上一覺之類的，可就在這個念頭閃過我腦海的瞬間，我發現一件讓人不得不出聲的事實。

「青燈？」有些忐忑不安的瞪著儀表板，我看著上頭顯示的數字，覺得自己的心臟受到了某種強烈的衝擊，「妳一直用這種速度在騎車嗎？」

『是的，因為安慈公您一直沒有動靜，奴家想，再這麼下去安慈公怕是要趕不及參加早上的學堂，所以就自作主張的替您駕車了，』歉然的聲音從我腦中響起，青燈有些緊張的問著：『這是奴家第一次駕現世的車，安慈公，奴家是否做錯了什麼？』

做錯？

不，認真說起來其實並沒有錯誤，只是……「青燈，我必須告訴妳一個事實……」

『是，安慈公請說。』

「如果我們繼續維持這種車速的話，」目不斜視的看著身邊的景物變化，我哭笑不得，「青燈，這樣下去就算騎到晚上也到不了高雄的啦！」

天啊！這什麼車速？為什麼有人可以騎出這種車速來?!為什麼啊啊啊！

我在心底發出驚天動地的哀號，這種車速太不應該了啊！哪裡不應該？如果用考駕照的直線七秒來表達的話，現在青燈騎的速度絕對可以去挑戰直線七十秒！連腳踏車都比她快！

實在太扯了！在儀表板上的數字根本就是零！是零啊！騎這種速度還不會摔車，只能說青燈真的不是人。

『咦？』青燈驚訝的聲音在我腦海中響起，『到不了嗎？這樣真的到不了嗎？』

聽著這樣的聲音，我幾乎可以想像青燈慌張地飄來飄去的樣子，只是，「我騙妳幹嘛，算了，換我來騎吧，妳畢竟沒接觸過機車這種東西，要妳騎回高雄也太勉強了。」

其實，青燈沒有直接逆向行駛的按照原路衝回高雄我就該偷笑了，實在不應該肖想自己可以放手讓青燈騎車然後趁機補眠什麼的，我瞄了眼自己的手錶，嗯，很好，幸好我發現得及時，現在開始趕路的話應該還是能趕上第一堂課的點名。

我這麼想著，然後企圖活動自己的身體開始騎車，但是……「青燈？妳可以放手了，我來吧。」

『不，請讓奴家再做一次嘗試，安慈公您儘管休息吧，奴家絕對會在時限內將安慈公您送到學堂裡頭的。』青燈異常堅持的道，似乎是想要彌補自己造成的失誤，這讓我的臉上飄過幾絲無奈。

那個，妳有這份心意我是很感動啦，可是我們現在得要面對現實，現實是如果我上課遲到的話會有百分之八十的機率被抓去泡老人茶，而我不想去泡茶啊！

『請安慈公寬心，奴家這一次絕對會成功的。』像是被我激起了責任心還是什麼其他的東西，青燈回應得相當認真，然後下一秒，就在我還想說什麼話說服她先放棄的時候，我感覺到自己的右手以車把為軸心毫不猶豫的順時針下轉——

——啊啊啊啊啊啊啊啊！

慘叫，這是我當下唯一的反應，而在這個瞬間我突然理解了「雲霄飛車」這四個字的定義，吹在我臉上有如颱風過境般強勁的風，周遭一閃而逝的景物跟耳邊呼嘯而過的各種聲音，儀表板上的指針攀升速度大概跟我此時的心跳增加速率有得拚。

啊哈哈……今天的陽光真是燦爛奪目，好一個美妙的早晨啊……（逃避）

有鑑於繼續逃避下去恐怕會有升天的可能，我在強風侵襲下極其困難的開口了。

「青、青燈！」

『是，安慈公有何吩咐？』

不是吩不吩咐的問題，「妳、妳騎太快了……」雖然我對妳直線七十秒的速度頗有微詞，可妳也用不著一口氣加速到直線零點七秒的地步吧？我那纖細的幼小心靈沒辦法承受這種非人哉的反差啊啊啊！

聽到我的說詞，青燈愣了一下，但手頭上的速度不減。

『這樣的速度會太快嗎？奴家以為這樣剛剛好……』

剛好？

青燈的話讓我的臉色有些鐵青，這、儀表板的計速數字都快不夠用了還叫剛好？妖怪的速度感是不是哪裡出了問題啊？不是慢到像龜在爬就是快到像在尬車，而且就算看到彎道近在眼前也完全沒有減速的意思。

嗯？慢著，前面有彎道？

靠！等一下！

「青燈！減速、快減速！」前面有個彎要過，用這個速度衝過去的話會撞上護欄的！

『放心，安慈公，沒問題的。』

沒問題？我有問題啊！

冷汗涔涔的看著護欄以驚人的速度逼近，這一刻我的腦中只閃過嗚呼哀哉四個大字，有人說人在臨死的時候眼前會出現這一生的跑馬燈，可為什麼我現在什麼都沒看到啊？跑馬燈這種東西不是每個人都會有的嗎？還是說因為我是半妖所以看不到跑馬燈？

如果真是這樣的話，那這絕對是差別待遇，不知道陰間有沒有什麼申訴管道可以讓我上訴一下的……

就在我想著這些五四三的時候，機車已經飆到轉彎口附近，而我也準備好要對我這短短的二十多年人生說再見了，可是！下一個瞬間卻發生了讓我畢生難忘的事實！

我只感覺到自己的身體重心突然下壓，手上龍頭微傾，左手在這個時候突然大力的將煞車鎖死！

然後？

然後就在一陣刺耳的煞車聲加滑胎聲跟其他一些亂七八糟的聲音下，我完成了有生以來第一次的高速過彎甩尾……（沉默）。

誰能告訴我，為什麼一個首次接觸機車的妖怪能做出這種高難度的特技動作啊?!

而且在剛剛過彎的瞬間我還看到了疑似閃光燈的東西，所以……這裡有測速照相?!完蛋了，繼續這樣下去的話甩尾事小，罰單事大啊！

「青燈，停下來！繼續這樣下去我們會被開很多張罰單的！」罰單是開在阿祥身上啊，這堆單子開下去我會被罵死的啦！

『罰單？』琢磨著這個詞，青燈好像有點不太能理解這兩個字的定義，『您是說會被人投狀紙嗎？』

欸……不太對，妳說的這種情況應該是我們用這種車速撞到人出車禍了才會出現，而憑著青燈這種超水準的駕駛技巧，絕對是一路飆回高雄都不會出事，「我的意思是會被罰錢啦！」

『罰錢？啊、是指扣餉？』

呃……還是不太對，不過反正這意思有到所以我就不多做訂正了。

『安慈公請放心，不會發生這種事的。』

為什麼妳能說得那麼肯定？我大囧，「我們剛剛已經被拍照存證了耶！」超速罰單很貴的，再這樣下去說不定連我下個月的生活費都要賠上去了！

『紙爺說一切交給它處理，所以沒問題的。』

又是沒問題！我好想尖叫啊，請讓我尖叫吧！啊啊啊啊——

——等等……青燈剛剛提到了紙爺？

在心底尖叫到一半，我這才發現自己從剛剛到現在都沒看到紙妖的身影，頓時，心底有股微微的涼意竄起……「青燈，紙妖它在哪？」我有不好的預感。

『噢，紙爺說它要去把車牌號碼遮起來，然後奴家就可以放心的騎車了，』青燈似懂非懂的說著，『不過，安慈公，什麼是車牌號碼啊？』

青燈天真無邪的問句從我耳邊飄過，而在聽完這些話之後，我只覺得我剛才沒有乾脆的一頭撞死在護欄上實在是可惜了。

天啊，這是犯罪啊啊啊……

我想回高雄啦……

根據道路交通管理處罰條例第十三條規定，損毀或變造牌照、塗抹污損牌照，或以安裝其他器具之方式，使不能辨認其牌號者，皆可處車輛所有人新臺幣二千四百元以上四千八百元以下罰鍰。

我們就這樣一路飛車飆到了休息站，用了多少時間……總之不會很長就是了，而當青燈很帥氣的使出一連串剎車、滑胎、旋車急停將車華麗麗的甩進停車格之後，取回身體控制權的我立刻衝下車把紙妖從牌照上撕下來，緊接著逼它把上面那段話複製一百遍先。

當然，做人不能有差別待遇，所以我在「告誡」完紙妖之後，馬上轉頭看向從我身體脫離而出的青燈。

「青燈，」我相當嚴肅的看著她，眉頭上的糾結估計可以夾住兩雙免洗筷，「雖然有點難以啟齒，但是關於妳騎車的技術跟方式……」

『怎麼了？有什麼不對的地方嗎？』見識過紙妖接受的待遇後，青燈有些惶恐的看著我，這讓我只能為難的回看她。

「不，不是對不對的問題，」而是，「妳能不能教我怎麼甩尾？」我一臉認真而誠懇的說，不過這滿臉的誠摯立刻就被噴發的紙張給掩蓋。

『偏心！』

宛如洪水爆發的紙張上寫滿了這兩個大字，差點把我整個人給埋掉。

「什、什麼偏心？誰偏心啊？」我惱火的從紙堆裡爬出來，怪事，我明明只放了一包搭波A在車箱裡，紙妖是從哪迸出這堆排山倒海的紙張來的？我的心底閃過這麼一絲疑惑，但是當下的我並沒有多餘的閒工夫去深入多想，只能努力從紙山堆裡爬出來。

因為再不爬出來我就要被埋掉了，而我不想成為臺灣第一個被紙張活埋的人。

「能用機車甩尾是男人的浪漫，你懂不懂啊？」一邊爬出紙山一邊跟紙妖抗辯，而當我整個人脫離紙山的範圍後，那堆紙居然自行架構成立體字型，排出了大大的「偏心」兩個字。

……

好啦好啦，煩死了，我承認自己偏心可以了吧？「反正我們人類的心臟都是偏左邊的啦。」我說，死豬不怕開水燙的表情，頭還很孩子氣的別到一邊去，這一別，視線正好將休息站的販賣部一覽無遺，而在那大片的玻璃門上頭，我看見一個長髮飄逸的妹。

哇喔～是阿祥那傢伙會喜歡的型，印象中，阿祥對這種長髮飄飄的女孩子最沒抵抗力了，尤其又以這種看上去很有氣質的女生為最。（至於實際上有沒有氣質就不在我們的探討範圍之內）

這年頭會把頭髮留過腰的女孩子可是不多了呢，何況是在天氣相對炎熱的南部，留那麼長多麻煩啊，而且這女孩子還戴著安全帽呢，她不悶嗎？

我看著玻璃門上的那道人影嘖嘖稱奇著，唉，可惜沒有帶相機，用手機靠近拍又太失禮，不然還真想拍下來回去跟阿祥炫耀一下。

我捶了捶手心表達我內心的惋惜，就在這個時候，一種怪異的違和感閃過我心頭。

玻璃門映出的那個人影，也跟著我做出了一樣的動作。

啊咧？

雖然距離有點遠，但是我很肯定對方的動作跟我是同步的，於是我往左踏出一步，接著又往右跳了一步，只見那個人就像倒影一樣跟著我踏了一步，然後跳了一步。

不祥的預感。

現在湧上我心頭的這種感覺鐵定就叫做「不祥的預感」，這可怕的預感讓我立刻轉身衝到機車旁邊，扯過車把就往龍頭上的後照鏡看去！

預感成真，後照鏡上照出了我看到的那個長髮妹，也就是「我」的影像。

$%@W ^&#$@*&*！（不雅詞句，消音處理。）

難怪我覺得那個妹的安全帽那麼眼熟，因為那根本就是阿祥的安全帽也就是我頭上正在戴的這頂啊啊啊啊！

「這是……」迅速把安全帽摘下來，我看著自己那頭飄逸到不行的長髮，天啊，我居然一直都沒有發現到這是我的頭髮，奇怪，我記得這種長度的頭髮是很重的，可我怎麼半點感覺都沒有？

啊、肯定是因為安全帽的關係，戴上安全帽之後就算頭上的重量增加了也感覺不出來，而在騎車到休息站的這段期間又不知不覺的習慣了長髮的重量，嗯，原來如此，習慣真是太可怕了……

……不對啦現在不是想這個的時候啊啊啊……

悲鳴在我心中響起，我一把抓起這頭長髮，「青燈，這是怎麼回事啊？」為什麼我的頭髮會變成這個樣子？

『呃，其實奴家方才也覺得很疑惑……不過，應該是附身的關係……吧？』吧？能不能來點切確的答案啊？

『安慈公莫慌，這對人體無害的，』像是察覺了我的驚恐，青燈試著解釋，『雖然奴家也是第一次遇到這樣的情形，不過奴家以為，這樣的情形跟安慈公身為半妖的體質有關。』

「什麼意思？」

『一般而言，吾輩附身在其他生靈身上，在離開之後是絕對不會對生靈的外貌產生任何影響的，但因為安慈公是半妖的關係，所以可能產生了一點共鳴……』絞著手指，青燈回答的有點沒把握，『妖者之間很容易相感應，這份感應一般不會被人類所接收，但安慈公同時身具妖與人的特質……』

「所以？」

『所以，嗯，也就是說，安慈公的體質很容易被吾輩同化……嗯，奴家想，可能……也許應該是這樣吧……』

可能、也許、應該……

「所以這個意思是，以後只要妳附身到我身上，我就會變成這副德性嗎？」因為我有著很容易被妖怪同化的體質？

『是。』青燈這次回答得很肯定，這讓我整個人泛出深刻的無奈，而當我看到紙妖企圖安慰我的文字之後，這股無奈馬上轉化成無力……

只見那些紙張上寫著「新一代少男殺手」、「美型貴公子」跟一些我不太想念出來的怪異名詞，甚至連「XX髮廊高價收購OO公分以上的真髮，意者請來電洽詢」、「本店招收美髮模特兒」之類的訊息都出現了。

更絕的是上頭連同化現象示意圖都有，在圖片下頭還附帶了落落長的貼心小注解：妖者的感應先傳達到妖的那部分，而後由於同為一體的關係，半妖體內屬於的妖部分可輕易將這份感應傳遞給屬於人的那部分，於是……（中略、下略、省略）……

紙妖，我知道你想安慰我，但是這種安慰方式只讓我想扁人……不，想撕紙。

在瞪著鏡中的自己好半晌後，也許是看開了吧，畢竟事已至此，我再無奈也改變不了橫在眼前的現實，頭髮……唉，剪掉就是了，反正除去頭髮之外我身上也沒什麼其他變化，真是可喜可賀、可喜可賀啊。

乾笑的想著，我拉過手上這頭長髮，啊，髮質真好，在經過長期飆車下來的大風吹打後，竟然連一點打結分岔都沒有，嘖嘖，這種等級的柔順跟光澤，相信只要稍微整理一下就可以直接去拍洗髮精廣告了……（逃避）

就在我逃避現實逃避到一半的時後，後照鏡裡照出的一樣東西讓我停下了這份逃避的思緒，鏡子映出了我襯衫胸前的口袋，在口袋裡頭，一枚鮮紅的花萼靜靜地躺著。

安慈公的體質很容易被吾輩同化……

青燈剛才說的這句話重新閃過我腦海，同時一個疑惑也浮上我心頭。

難道，我先前對妖仙消逝所感到的悲傷，不是來自我自己，而是來自周遭的群妖嗎？

難道，我是因為被群妖們同化了，所以才對妖仙感到敬畏跟惋惜，所以才對妖仙的離去感到難過嗎？

因為現在離開了那片洛神花田的我，胸口已經不再有先前的那種心痛，而且在來到休息站之前的這段期間，我甚至連一次都沒有想到這位偉大妖仙的消亡。

為什麼會這樣？我應該不是這麼無情的人啊……

拿出胸前的那個花萼，我怔怔地看著那份鮮紅，然後，像是感受到我這絲疑惑，青燈開口了。

『安慈公。』

「？」

『安慈公，吾倆是青燈，』她說，半垂著眼瞼，『青燈乃是渡妖者，青燈乃是引路者，青燈乃是無淚者。』

「啊？」無淚者？什麼意思？「難道當青燈的不能哭嗎？」

『非也，只是吾等必須無淚，』抬眼，青燈的那雙眼突然恢復成初次相見時的那抹無神，『吾等須為無喜、無悲之存在，如此，才能繼續引路，才能繼續渡妖。』

所以不是不能哭，而是根本哭不出來，或者說，忘了怎麼哭。

「可是，我並沒有變成那樣啊……」我還能哭，還能笑，甚至還能破口大罵呢！

『那是因為，安慈公，吾倆為青燈，卻也非青燈，』眼底的無神消去，青燈的雙眼重新出現了情緒，『此時的吾等乃無情中有情，有情終無情的存在。』捧著心口，她垂下眼，『拜此之賜，奴家方才也憶起了久違的傷懷，且憶之，後忘之。』

什麼？

聽著這有點像繞口令的話，我整個人如墜五里霧中，嗯，用白話文來理解的話，她想表達的應該是成為「青燈」就等於成為「無情者」，而現在的情況是我們兩個瓜分了「青燈」的天賦，連同特質也一並瓜分了，所以都成了一半無情然後一半有情的人？

我的頭開始昏了。

『安慈公只要維持現狀就好，』青燈淡淡的說，臉上看不出是什麼表情，她輕輕摸著被我拿在手中的長髮，『因為安慈公還有屬於人的部分在，如此……甚好。』

聽著青燈的話，我似懂非懂。

以我自己目前的理解來想，我現在能哭能罵能大笑，是因為我體內人的那部分不會受到「青燈」的影響，剛才在洛神花田感受到的悲傷，是體內的妖血傳達給我的，妖的我哭不出來，於是由人的我代他流淚，妖的我無法感受傷悲，所以人的我背起了這份痛徹心扉。

聽起來也許很荒謬，但這是現在的我能想到的最好的解釋，至於正不正確……老實說我也不曉得對不對，畢竟我從來沒遇過這種事情，也許以後的我可以把它真正搞懂吧。

思考完這些之後，我突然對自己屬於妖的那部分感到難過，同時，也對眼前的青燈感到難過，手一鬆，長髮自掌中飄散，「為什麼……為什麼青燈必須無喜無悲？就算擁有豐富的感情也照樣能渡妖吧？」

『不成的……』青燈精緻的臉龐透出一抹悲傷，自從我分走她一半的天賦之後，她臉上的表情就越來越多了，她輕輕順著我的長髮，『安慈公要明白，有情伴傷懷，無情且忘哀的道理，妖的歲月很長，與人子不同，若有過多無法忘卻的哀慟傍身，安慈公要青燈們如何走下去？』

她說，抬頭望向我，灰藍色的眼底刻劃著時光的痕跡，『哀傷能吞沒人心，妖者亦如是啊。』

你覺得讓「青燈」背負著越來越深重的傷悲進行引渡好?還是讓「青燈」無所罣礙地替群妖帶路好?

灰藍的大眼彷彿在這麼問我，而我答不出來。

什麼都答不出來。

只能無言。

良久，我才找回了自己的聲音。

「我不會忘記的，」緩緩說道，我像在明志又像在承諾，「無論過多久，直到我身為人的生命終結為止，我會記住你們每一個。」如果屬於妖的我記不住這一切的話，那就讓我用人的身分去記憶!

『安慈公……』

「我一定記得住，」握緊手中的鮮紅花萼，「我保證。」

風隨著我的話音吹拂而過，散亂的髮絲如瀑幕般揚飛於空，髮幕之中，我似乎看到青燈露出了微笑，淡淡的，卻讓人移不開目光。

『安慈公，』她將手輕輕覆在我那緊握著花萼的拳上，身體湊了過來，呵氣如蘭，我的視線在這一刻只看得見她細緻的臉，心跳頓時加快好幾拍，四周靜了，天地之間好像就只剩下我跟她兩人，然後，我聽到她這麼說：『安慈公，您真是個好人。』

不要發我卡，謝謝。

男兒有淚不輕彈，我遵循著這樣的教誨含淚別過頭，默默接下了我人生中第一張從妖怪手上拿到的好人卡，然後在心底不斷詠唱著：青燈不明白所謂好人的定義，不能怪她……等等諸如此類的咒語來鎮壓自己被發卡的傷痛。

接下來嘛……嗯，恢復男兒自尊的第一步，就從剪頭髮開始！

這種時間是找不到美髮店的，只能自力救濟了，不過，「休息站應該沒有賣剪刀吧……」看著光潔的玻璃門，我傻笑了兩下，這下該怎麼辦才好？

『方案一：光明正大的頂著長髮衝回學校。』紙妖開始給提案了。

看起來是相當不錯的正面突破，但我不想被施以各種異樣的目光，不幹。

『方案二：沒得剪，那用燒的？』迅速提出備案，紙妖還在後面補上貼心的附註：『車箱裡有打火機。』

好個大膽又狂野的建議，不過在動手燒我的頭髮之前，我會先把你燒了。

『方案三：其實這是假髮，而你正在玩輸掉的人必須戴著假髮遊校園一周的大冒險。』

……我一點都不想玩這種大冒險，「你從哪裡聽來大冒險這種遊戲的？」

『圖書館。』紙妖寫道，怪了，我們學校圖書館有這種資料？

『安慈公，什麼是大冒險？』青燈眨著好奇的眼看著我，這個問題讓我呼吸一窒——然後立刻衝上前把企圖講解的紙妖給巴開！

「那是個很普通的遊戲，」捏住手上那張在掙扎的紙，我有點無奈，因為紙上除了大冒險之外還寫滿了其他像是國王遊戲之類的鬼東西，「妳別看紙妖在那裡亂寫，這個遊戲很單純的，基本軸心原則就是『願賭服輸』，如此而已。」

『那什麼是國王遊戲？』

嚇！她看到了？眼睛這麼尖？

青燈滿臉好奇的看著我，而為了避免紙妖對青燈灌輸什麼奇妙的誤解，我只好繼續硬著頭皮回答，「呃……妳把它想成是大冒險的進階版就可以了，不要想太多。」

稍嫌頭大的解釋，根據經驗，想要快速而有效的阻止這類話題的發展，就是採取更直接的更緊急的必要行動！

「我們還是快出發吧，再這樣下去的話上課就要遲到了。」語出，成功的轉移了青燈的注意力，只見下一秒她立刻就附身上來，戴安全帽、上車、發動機車一氣呵成。

嗯，幸好我還沒剪頭髮，不然肯定是白剪了。

『安慈公，奴家會讓您趕上學堂的，但是……』催了幾下油門，青燈有些遲疑，『您的頭髮怎麼辦呢？』

「放心，我已經想到辦法了。」雖然有點丟臉，但是現在這種情形下我也想不出什麼更好的點子了。

『安慈公要用什麼方法？』

「……到學校妳就知道了，然後青燈，我建議妳現在立刻催油門帶我們開溜……」

『咦？』青燈的聲音聽起來很疑惑，『為什麼？』

為什麼？

呵呵呵……

「因為某個笨蛋剛剛盜用了這個休息站的紙張，現在店員已經跑出來要抓賊了，我們再不跑就跑不掉了啦！」看著遠方那些來勢洶洶的店員，我咧，有必要這麼大陣仗嗎？「你這張笨紙，到底偷了人家多少張東西啊？」我衝著紙妖就開罵。

『……沒有很多啊……』超小的六級字體出現在紙妖身上，紙妖有些遲疑的列出偷竊清單，『就是一些點菜用的紙，收據用的紙還有廣告用的跟廁所用的紙而已……』

這樣還而已?!我覺得我的血壓快突破臨界點了，看著那些好像要把我生吞活剝的店員們逐漸逼近，嗚呼！此時不跑更待何時？「青燈，快閃！」

『好的！』

驟然加速，機車很帥氣的甩了半個圓弧之後呼嘯而去，留下地上滿滿的紙張跟排氣管噴出來的少許煙霧，然後店員們的叫罵聲遠遠的傳來。

雖然我知道那些店員們不會相信我，但我還是很想大喊一句：「紙不是我偷的啊啊啊～～～！」天地良心喔，我偷那些東西是要幹嘛啦！

而完全無視我內心的悲苦，罪魁禍首的紙妖此時卻悠哉悠哉的躺在雜誌裡頭納涼，很好，沒關係，君子報仇三年不晚，等回到學校之後我們就看著辦吧，哼。

我有些忿忿不平的想著，然後在青燈全程緊咬著超速邊緣的車速之下，我們平安回到了高雄，而當車子騎進市區後，我讓青燈先靠到一邊停車。

『安慈公？為什麼突然要奴家停車？』

「這個嘛，只是一點準備工作，」我說，然後將安全帽脫了下來，隨手把頭髮亂抓一通的固定在頭上之後再把帽子戴上，這帽子是全罩式的所以塞起來並不會很奇怪，只是很熱又很擠而已，「好，這樣子進宿舍就萬無一失了！」保證沒有人看得到這頭長髮！

『若有人問起……？』

「就說我大冒險輸掉，被罰戴安全帽繞校園一周就可以了，」這就是我想到的方法，綜合了紙妖的鬼點子跟我的靈光一閃，雖然很爛，不過還算堪用，「青燈，妳先去休息吧，接下來我騎就好。」她也累一整晚了，我知道妖怪也需要休息的。

『好的，那麼容奴家先行告退，安慈公，日安。』

「呃……日、日安。」有些彆扭的應和，我還是不太習慣這種復古用語，然後在感覺青燈離開了我的身體後，我開始騎在清晨的市區道路上，途中，因為時間還很充裕的關係，所以我特意繞到去那間圖書館看了一下。

那間我遇到紙妖的圖書館。

在路邊暫停，我抬手摸摸胸前的口袋，隔著襯衫布料碰觸那枚花萼。

「我會遵守約定的……」低聲念道，我深深的看了圖書館一眼後便驅車回學校，幸好早晨的學校沒有什麼人，即使我頭戴安全帽走進宿舍大樓也沒惹來太多側目。

刷卡入內，迅速閃身回房，阿祥這個貪睡蟲如我所料的還沒醒，這讓我有相當的餘裕去處理那一頭長髮。

經過了幾番奮鬥之後，總算是大功告成，剪得有點……嗯……好吧，跟用燒斷它的方式比起來，至少我的頭髮沒有變捲也沒有焦味，只是看起來不太雅觀而已（自我安慰）。

摸著頭上亂七八糟的雜毛，我決定晚上要去買一把剪頭髮用的剪刀，文書用的安全剪刀實在是天殺的難剪！所謂工欲善其事必先利其器，我相信只要給我一把好剪刀的話，我絕對可以剪出比現在更能看的髮型……

我這麼想著，然後起身就想把地上的落髮掃乾淨，可當我才剛站起來要出去拿掃把時，地板上的情況卻讓我呆住了。

「啊咧？」那些頭髮呢？「怎麼不見了？」

看著空空如也的地板，我有些傻眼，當下第一反應就是想叫醒青燈問她這是怎麼回事，但打火機一拿出來我就放棄了這個念頭。

她才剛回去休息，現在說不定睡得正香，為了這種事情吵她也未免太不道德了，反正那些頭髮不見也不是什麼驚天動地的大事，還省了要我掃地的麻煩，就讓青燈好好休息吧，等她之後醒來再問就是了。

什麼？你說可以去問紙妖？

這個嘛……的確是有不少事情要問它，像是花仙拜託的事情，還得靠那張紙才能從圖書館裡找到花仙所說的鏡子，不過，現在要找紙妖問事情是有點不太方便就是。

要說有哪裡不方便的……

其實……我才剛打開窗戶，把它折成紙飛機射出去了……

啊！快看！

是會飛的紙飛機！（咦？）

青燈・之五　目

人之目做人世觀
而能以此透視陰陽者　謂之見鬼

「哇靠！安慈，你這個頭是怎麼回事啊？」這是帶了一點關心的反應。

「安慈，你最近壓力太大嗎？要不要找輔導老師談一談？」這是很認真並且企圖提供幫助的反應。

「噗哈哈哈哈哈哈哈哈哈！」這是大多數的反應，而且這個大多數很可悲的高達百分之九十五，這讓我對人性又有了一分深刻的體悟。

哼，儘管笑吧，打從我拿起安全剪刀的那一刻起，我就已經有相當程度的覺悟了，所以就算我的好友兼室友把以上三種反應按照順序的出過一遍，之後再不斷重複播放「大多數的反應」（誇張版），我也沒有受到太大的心理創傷。

當然還有其他的反應，那就是直接當作沒看到的沒反應，好比說現在從我眼前視而不見的直接晃過去的班代大大。

老實說，這種反應還挺傷人的，想笑就笑嘛……當作沒看到是怎樣啦……（陰暗）我陰鬱的趴在桌子上，頂著一頭雜毛哀怨地看著班代晃過去的飄逸身影，黑色的長直髮跟嬌小的身材加上文靜的氣質，這就是我們班的班代，一個很可愛的女孩子，被告白的次數跟收到情書的件數都是本班的紀錄保持人。

當然，被班代打碎的純情少年心數目也在持續刷新中就是了。

而好死不死的，在那些碎得稀巴爛的少年心裡頭也包括了我這顆……嗚呼……只是其他碎掉的心早就自己摸摸鼻子把心撿起來拼好，轉個目標再接再厲去了，就我這顆是打死不退的繼續單相思，像是發現了我痴痴的目光，某人拿著講義往我頭上一敲。

「安慈，你到底喜歡班代的哪裡啊？」阿祥說，他也是曾經被班代親手碎掉的其中一顆少年心，只是阿祥這顆心實在太強大，不到三秒就重新補好換邊再出發了，他很認真的拿著講義敲我問道：「的確班代是很正，人也不錯，可就我的印象中她好像從來沒給你好臉色過耶？」

正確來說，是連視線都會迴避我。

我在心底悶悶不樂的補上這句，不知道為什麼，班代對其他追求失敗的人都會保持和顏悅色，唯獨對我視若無睹，但沒辦法，我這人就是死心眼，「阿祥，你不覺得班代身邊的空氣很吸引人嗎？」

「空氣？」阿祥似乎無法理解我這種描述，「你是說味道嗎？班代身上是挺香的，聞起來應該是多芬的香味……」

「我不是在說那個啦！」什麼味道啊？「我又不是狗！你別說得那麼低級好不好？」

「嘖，都好啦，戀愛中的男人跟狗也差不了多少了，尤其以單戀的為最，」只差沒有尾巴可以搖，「你喜歡人家的空氣，可人家是把你當空氣耶，安慈，不是我要澆你冷水，但你要不要考慮換個對象啊？我覺得昨天那個炒飯店的妹真的很不錯……」

「不是跟你說那個死會了嗎？」

「死會可以活標啊～」

「那你怎麼不上？」我沒好氣的說。

「因為我是卒仔！」阿祥說得理所當然，雙手叉腰仰頭朝天花板，滿臉的正氣，「不過是很帥的卒仔！」

「……夠了喔你。」

「好啦，不過說真的，你如果缺對象的話我可以幫你找，有些學妹還是很不錯的……」

「不必啦，這哪是說換就能換的啊？我又不像你！」大力哼了一聲，我頹然趴回桌上，不好意思，本人的優點之一就是專情，還有個不知道是優點還缺點的特性叫做「不懂放棄」，「反正我就是喜歡她身邊的……可惡，空氣這兩個字被你說得好噁心，害我都不想用了！」

「欸，是你自己先說的好不好！」抗議。

「正常人應該都要知道那兩個字是在指一個人的『氛圍』，氛圍懂不懂啊？」抗議個屁！

「用得上那麼艱澀的文字嗎？」阿祥一臉頭大，抬手成圈做望遠鏡狀，「我是不知道什麼氛圍啦，不過如果你想知道班代的三圍的話，我倒是可以跟你說一下～」

三、三圍?!

聽到這兩個字，我心頭大驚，立刻衝上去把阿祥正在偷窺的眼睛遮住，「你這傢伙，有禮貌一點別亂看行不行啊？」

「我很有禮貌啊？這不就正在信奉著『遠觀不褻玩』的真理嗎？」他說，跟我的手做角鬥，「喔喔，我知道了！」

「知道啥？」

「32、25、3——」

「——哇啊！」我低呼，在心底慘叫著把手抽出來一掌就往阿祥的嘴巴摀去，「你這個沒節操的！誰准你亂看啦？」居然還給我目測起來？太超過了吧！

面對我低聲的怒喝，阿祥曖昧的朝我擠眉弄眼，嘴巴被擋住說不了話，可他的表情很明顯在調侃我：『怎麼？不給看？人家好害怕唷～～』之類的。

這傢伙，就知道抓人尾巴！

『安慈公！給他一拳大的！』突然，我的眼角餘光瞄到講義上出現了這樣的文字，是紙妖，『安慈公！先←再→，然後A加B重拳連按最後賞他個玉山昇龍霸！』

紙妖很熱血加親切的解說，在這個瞬間，我強烈的明白一個道理……

……要拿去回收的遊戲攻略就應該速速回收掉，而不是偷懶想著下次再扔所以就放在那裡生灰塵，這下可好，我居然讓妖怪宅化了，（正確來說是ACG化）這樣算不算是另類的罪過啊？

欲哭無淚的想著，同時，我心底閃過一個很嚴肅的問題。

『什麼是玉山昇龍霸？』我在心底問了過去，沒記錯的話這招大絕名稱不是這座山。

探查到我的疑問，紙妖很理所當然的寫道：『廬山又不在臺灣，所以當然要換一下啊！』

我的講義出現這樣的解釋，緊接著是紙妖的頓悟，『啊！安慈公！我知道你的問題所在了！』

是喔，在哪？

『考慮到地理位置，安慈公這拳打出去應該要叫壽山昇龍霸啊！』

紙妖龍飛鳳舞的寫道，壽山昇龍霸這五個字不但特別放大還加上了強調性質強烈的框框，好像嫌加框還不夠霸氣似的，紙妖甚至繼續替那五個字加上效果線跟花邊，企圖讓我的講義徹底淪陷在壽山昇龍霸的拳下。

紙妖寫得很快樂，而我心底則再次湧現把紙妖折成紙飛機射出去的念頭，但很遺憾的是這傢伙現在附在我的講義上，我沒辦法把講義折成紙飛機。

似乎發現我一直朝講義的方向看去，阿祥有些疑惑的掙開我的手，「安慈，你幹嘛一直看講義啊？今天又要小考了嗎？」

「呃！」這個，糟糕了，我心虛的將手蓋在講義上，沒什麼啦，我只是突然想知道等一下會上些什麼內容……」紙妖你個白痴！還不快把字消掉！

『安慈公為什麼要擋住我呢？』不滿自己的字被遮住，紙妖從我的掩蓋下爬了出來……正確點說，是文字歪歪扭扭的從掌心遮蓋的範圍下竄出，老實說，看到「壽山昇龍霸」這五個大字從手掌下爬出來，感覺挺微妙的。

但現在不是探討微不微妙的時候！

我不想讓班上的人看到我的講義上寫著壽山昇龍霸啊啊啊啊！

那樣會被當神經病的！

於是我卯起來在講義上跟紙妖那五個大字玩起我追你跑我再追你再跑的遊戲，手上很快速的在紙上飄移，阿翔看到我這奇異的舉動後，忍不住湊上前來。

「你的手在幹嘛？講義上有什麼東西嗎？」他說，然後下一秒就很直接的把講義給抽走。

&#~#O*@^囧！（這是我當下的表情符號化之後的樣子。）

這下完了，我的一世英名……

掩面，我一臉絕望的等著阿祥的大爆笑，開始思考該怎麼跟他解釋為什麼那五個字會出現在我的講義上，忐忑不安的心宛如上斷頭臺之前似的怦咚亂跳，我看見阿祥一臉古怪的在講義跟我之間看來看去，終於，我等到他開口了。

「安慈……」他遲疑的看著我，表情似乎有千言萬語想說。

「是……」別過臉，我不太想看回去。

「你這講義也未免太空白了吧，上一堂課的筆記呢？你都沒抄嗎？」

啊？

聽到這樣的指控，我徹底呆住了，這種感覺就像是個等待被槍斃的犯人在那聲致命槍聲響起後，才發現對方打出的是空包彈一樣。

我瞪著這發空包彈，有些不敢相信的問阿祥：「你……沒看到那五個字嗎？」

「哪五個字？」

壽山昇龍霸。

不，這五個字我怎麼也說不出口（掩面），「就是講義上最明顯的那五個字啊，別逼我念出來好嗎？」很丟臉。

「哼嗯……」沉吟半晌，阿祥湊了過來，「你是說行銷管理學這五個字嗎？」

啥？行銷管理學？那不是課堂標題嗎？

「什麼東西……」我困惑的拿過講義，接著我更加困惑地看向阿祥，因為講義上那五個又大又刺眼兼之非常丟臉的字，此時正大刺刺的躺在上頭，阿祥不可能沒看到的，難道他是自覺早上嘲笑我的頭髮嘲笑過頭了，所以現在想要裝傻替我留點顏面？

哈、哈、哈。

我在心底大笑三聲，打消我這種想法。

別人我不敢說，但阿祥這傢伙絕對是想笑就笑百無禁忌的類型，他的人生哲學裡似乎沒有所謂「替人留顏面」這種概念。

難道他沒看到？

怎麼可能，那些字就算我拿開一公尺也看得到，更別說是會扭動的文字了，那就算拿到十公尺外都能察覺異樣的，就在我想東想西的這當頭，阿祥一掌拍了過來。

「安慈，你該不會是奔波的太累所以產生幻覺了吧？」他說，隨手搭上我的額頭，「奇怪，沒發燒啊，難道你昨天認親失敗心靈受到了強烈的打擊所以出現幻視了嗎？啊！莫非你這頭雜毛是剪壞了的和尚頭?!安慈！人生還很美好，別想不開的出家啊！」

「停、停、停……」我頭大的制止了阿祥的連環砲轟猜猜樂，這下我確定阿祥真的沒看到紙妖寫的東西了，否則不可能是這種反應的，這時，上課的鈴聲正好響起，我只好隨便應付阿祥幾句，「我沒事，我很好，先上課啦。」

「你不是看破紅塵要出家？」阿祥一臉擔心的看著我……的頭，說真的，我無法理解這傢伙怎麼會得出這種連火星人都推算不出來的結論。

「我沒有要出家，這頭髮是……是我妹昨晚剪的啦！」隨手扔個理由過去，我說。

「你妹？」聽到這樣的解釋，阿祥呆了下，「你妹幹嘛要剪你頭髮？」

「這個……」扯謊扯很大，扯不用錢，我繼續亂掰，「其實見了面才發現我妹是學美髮的，這頭毛就是她昨晚送給我的精心之作，本來是很帥氣的啦，只是安全帽一戴上去之後就啥都沒了，這才變成現在這種樣子。」

謊話不講則矣，一講驚人，在講完這串聽起來講起來都很唬爛的話之後，我感到一股強大的心虛。

『安慈公，說的好！』無視於我的心虛，紙妖還在講義上替我喝采，『這番言論當真是承先啟後、滴水不漏啊！』紙妖寫道，旁邊還畫上了一個大拇指。

真是謝謝誇獎，但我開心不起來，真的。

而阿祥嘛……老樣子，毫無懷疑接受了這個鳥藉口……

「安慈，」他很認真的坐在我旁邊，一手朝我伸來，「之前笑你的頭髮是我不對，現在仔細看來，你這頭雜毛……不，你這頭造型獨具一格的髮型的確擁有一種後現代藝術的美感！」

……什麼後現代藝術？

我皺著眉頭看向阿祥伸過來的手，「你想說什麼？」

「老話一句，沒圖沒真相，此風不可長，」他說得無比認真，「交出來吧，你妹的照片。」

「……沒有那種東西。」我僵硬的回答，正確來說是根本沒那個人，但阿祥都信到這種地步了，我現在也不好戳破這個謊，「你以為我會把寶貝妹妹介紹給你認識嗎？」於是，我說，試著扮演一個愛護妹妹的好哥哥。

正常來說，沒有一個哥哥會願意把自己妹妹介紹給一個色狼吧？所以我這種拒絕反應應該是很ＯＫ的。

「哼，」討照片未果，阿祥悶悶的收回手，對我追加評語，「你這個妹控。」鄙視。

慢著，誰是妹控？

我當下就想要反駁，但教授已經開始放投影片了，再繼續跟阿祥抬槓下去的話我這門學分可能會出現巨大的危機，雖然被安上妹控的頭銜讓我很不爽，但也只能先這樣了。

我是不想當妹控，但更不想被當啊！

看著投影片開始放映，周遭的燈很配合的關上了，一時之間教室內只剩下教授講課的聲音跟抄寫筆記的聲音，趁這機會，我跟紙妖開始了筆談。

切確點說，是我在心裡講，紙妖在紙上寫。

『喂，』我用指頭敲了敲紙面，『這是怎麼回事？』

『什麼怎麼回事？』紙妖用問號拼出這串字，差點沒讓我看到眼花。

『就是那些字啊，阿祥為什麼沒看到？』當然我個人也不希望他看到，可紙妖自從失去本命身之後就只能附在實際的紙上到處飄，不但沒辦法像過去那樣隱身於人世，正常來說，應該連顯現出來的字都會被一般人看到才對。

但是剛才阿祥很明顯的看不到，這讓我有些懵了。

『那個喔，』紙妖慢條斯理的在紙上顯字，當然還是用問號組成的，『我最近發現人世間有種東西叫做隱形墨水，好好玩喔，就模仿著用了。』

啥？「隱形墨水？」我不知道妖怪會接觸到這種東西。

『對啊，我跟幾個朋友討論過，再稍微做了一下改良，現在只有見鬼者才看得到這些字了喔！安慈公，我是不是很厲害？』字體在扭動，老實說，看到一大堆由問號組成的字在裝嬌羞的扭來扭去，對視覺是種強大的傷害。

所以我一巴掌拍向紙面——

——啪！

「安慈？」在我旁邊的阿祥困惑的看過來。

「有蚊子，」我說，掌下用力扭轉，「我在為民除害。」

『安慈公？為什麼又要遮著我呀？現在其他人看不到字了，我可以光明正大地同安慈公聊天了，唉呀、安慈公，您這樣小生會皺掉的，安慈公……』

『閉嘴啦！』我瞪著講義上那堆歪七扭八的字，心裡氣不打一處來，『我還要上課！』在心中怒道，然後很罕見的，紙妖居然就這樣安靜了下來，這讓我頗為訝異。

嘖嘖，看來紙妖還是有識大體的一面嘛，居然知道上課的時候要聽話——

——才怪！

「靠！」我忍不住低聲罵了出來，手立刻從背包抓出大把的衛生紙，為什麼要拿衛生紙？因為我的講義很神祕的開始冒水，是的，紙妖哭了。

「哇塞，安慈，你打翻水喔？」一旁的阿祥看到我的窘境，連忙把自己的衛生紙也遞過來。

「呃……嗯，」手忙腳亂的點頭，我把自己的衛生紙通通按上桌面後再接過阿祥遞來的，企圖把講義上冒出來的水給按乾，有道是斬草要除根……不，我的意思是說解決事情要連同源頭一起解決，不然事情只會沒完沒了而已。

所以我在一邊整理桌面的同時，心底放軟了語氣：『那個，我剛剛說的話又不是在罵你，你有必要哭成這樣嗎？』

『安……安慈公……』糊得亂七八糟的字從溼答答的講義上浮現，紙妖的字抖得如風中落葉，努力辨認這些又糊又抖的字，我覺得我也快哭了，『安慈公，您方才提到了我這一生最大的遺憾啊……嗚嗚嗚嗚……』

『什麼遺憾啊？提出來我搞不好能幫你解決。』所以別哭了，拜託你，我衛生紙快不夠用了啊紙妖大大。

『安慈公……』紙妖如泣如訴（講義只差沒噴水），像是要對我傾吐什麼天大的委屈一般地努力把字體放大，雖然對我而言那只是變得更糊而已，不過大字糊在一起總比小字疊在一起好，總之我很吃力的辨認著紙妖的控訴，在那一片糊得不知東南西北的受潮紙上，我勉強看出了紙妖想說什麼，那就是：

『我沒有嘴。』

……

如果可以的話，我真的很想把這張紙丟到廁所裡沖掉。

但是為了避免馬桶堵塞這種悲劇性的戲碼上演，我用了畢生的修為忍下這份衝動，而在經過一番好說歹說地安慰下，我總算是止住了桌面上的氾濫成災，真是可喜可賀可喜可賀。

在慶賀的同時，一絲憂慮也悄悄地浮上檯面。

經過紙妖的解說之後，我知道現在可以不用擔心紙妖的那些白痴字體跟無腦對話會被同學看到了，但這個同時也就意味著紙妖在無所顧忌後，可能就會無止盡地開始侵占我的筆記講義跟搭波A！天啊！

一想到這個可能性我就渾身冒冷汗了，而此時，臺上的教授卻說出了讓全班同時冒汗的話。

「咳嗯，各位同學，」教授頂了頂鼻梁上的眼鏡，鏡片隱約有反光傳出，「我們來做個隨堂考試吧！」教授說，緊接著露齒一笑，牙齒在這個微妙的時間點似乎跟眼鏡一起發出了閃光，這閃光很直接的刺進了所有人的心底……

……啊啊啊……好刺眼的光芒啊……

抬手遮眼，我似乎聽到全班的心中有志一同的喊出了鏗鏘有力的國罵，但是罵歸罵，有時候人是必須向現實低頭的，為了分數！為了歐趴！喔！

於是乎在教授那閃亮耀眼的笑容下，大家開始收拾東西移動座位了。

「快點，老樣子啊～按照座號坐好。」教授陽光的笑道，然後讓人打開燈，手中迅速地從公事包摸出了一大疊的紙卷，笑容越發燦爛。

好傢伙，教授是有備而來的！

意識到這點全班頓時如臨大敵。

「這下不妙了，抽考魔好像是玩真的，」低聲碎念著大家給教授取的綽號，阿祥邊收拾筆盒邊抓頭，「糗大了，剛剛我在神遊說……」

「你哪堂課不神遊？」我沒好氣的說，起身朝自己的座位走去，從那綽號各位應該也可以知道這教授很愛隨機考試，而且每次抽考都會要求大家像期中期末考那樣照座號坐，說什麼方便他監考還啥的，所以班上的人對於自己該坐哪裡都很清楚。

「老師是美女的話我就不神遊啦……」阿祥咂嘴抗辯。

「那就麻煩你在大腦內把教授性轉換之後再自動時光倒轉個五十年吧。」我說。

「這哪辦得到啊！」

「那我就救不了你了，總之自求多福去～」

而且我們的學號是用地區做分類的，我是臺中人，阿祥是高雄在地的，所以之間差了有十萬八千里，就算我真心想罩他也辦不到，「阿門。」於是，我合掌替阿祥默哀，然後得到了對方一個凸字做回應。

啊、這年頭還跟人家比什麼中指，「幼稚。」我表示嗤之以鼻。

「哼，反正林北吉人天相，沒在怕的啦～」阿祥很瀟灑的說，然後乖乖跑去他的座位了，嗯，這個吉人天相我還真沒辦法反駁，因為阿祥這傢伙總是能在期中考五十九卻在期末考到九十五……

「希望你運氣能一直保持下去。」我嘀咕著，隨手將自己的包包往座位一丟，拍拍屁股坐了下來。

老實說，其實我並不排斥抽考魔的隨堂考，因為……

……班代會坐在我前面。

這可是我少數可以光明正大的偷窺……啊不，我是說觀察，這是我少數可以光明正大的觀察班代的機會，不然其他時候一直盯著人家看，就算不被當成怪人也會被當成變態的，我可不想那樣。

『變態？安慈公是變態嗎？』已經傳發下來的考卷上突然出現了這麼一行字，某個欠扁的傢伙再次冒了出來，『是說那種只穿著大衣走在路上，看到正妹就會跑過去把大衣敞開的變態嗎？』

啪嘰！

我聽到腦子裡傳來美妙的斷裂聲響。

啊啊、沒想到我那已經被鍛鍊到金剛不壞的理智線居然還是斷了，可見紙妖的強大破壞力有多駭人，用現實比喻來形容的話應該是從彈弓進步到五七步槍了吧。

冷靜、冷靜啊左安慈！

這張可是考卷，是能夠左右這科分數的紙張，就算很想拿出美工刀很想拿出打火機來燒也是不可以的，私刑什麼的我們可以等下課之後再動用也不遲，現在就先讓這廝先小妖得志一下，等回到了宿舍之後嘛……就是輪到我開始科科笑的時候了啊……科科……

我用力拿著筆，渾身黑氣的瞪著眼前的白目字跡，而白目卻完全沒發現自己的作為很白目，自顧自的繼續寫、快樂寫，寫得超開心，而當字體很快樂的冒出了：『呀啊～馬麻這裡有變態！』的時候，我終於受不了了！

嚓！

掏出口袋中的青燈牌打火機，我用無比的氣勢將手指按在上頭空擦了一下，正所謂士可殺不可辱，身為一個頂天立地的好男兒，捍衛自己的尊嚴是相當重要的事情，真把我給逼急了的話，我可是完全不介意來個擦槍走火同歸於盡。

『信不信我燒了你。』於是，我嚴肅異常地心道。

似乎察覺到眼前的情況不妙，紙妖一秒在考卷上寫出了道歉：

『討厭啦，人家剛剛是開玩笑來的，安慈公不要生氣嘛～』華康少女體。

嚓！

我繃著臉，又空點了一次打火機。

沒誠意，居然給我用華康少女體，跟人道歉的時候裝什麼可愛啊？

『小生知錯，還請安慈公大人有大量放小生一馬……』小篆（應該是）。

嚓！

瞪著那行字，我咬牙切齒的用力將打火機擦出了火星，紙妖這次給人的感覺是很正式很有誠意沒錯，但問題是我根本看、不、懂、啊！

沒事用什麼小篆啦！難不成是想順便婊我的文學造詣嗎?!

『對不起！』迅速將文字轉換成標楷體，看來紙妖也知道我的怒氣快要到極限了，『安慈公息怒啊！我會很乖很安靜的，不要點火不要燒掉人家啊嗚嗚嗚……』

紙妖驚慌失措的在紙上表達出它的誠惶誠恐，在寫了一堆「嗚嗚嗚」之後還附加了一堆乖寶寶條款，像是以後早上不會賴床、一天只玩兩包搭波A、不再偷學餐的衛生紙……等等，洋洋灑灑一大串，而且寫到後面還越來越糊……

………

……

靠。

我在心底無力的罵了這個字，而後用某種認命的情緒舉起了手。

「老師，」無奈地，我萬分愧疚的表情看著臺上的教授，「對不起，我不小心打翻水壺把考卷弄溼了，可以再給我一份考卷嗎？」

拎起那張溼答答的考卷，看著教授那皺到能夾筷的眉頭跟班上同學投過來的同情目光，老實說，我現在也好想哭……

硬著頭皮，我走上前去跟教授領了一張「乾爽」的考卷回到座位，這下子，本來因為一頭雜毛而成為今日笑點的我，徹底從笑點變成焦點了。

不知道這樣算不算是另類的晉升？

頗為自我解嘲的開始看著考卷上的題目作答，我在心中狠狠的幹譙了某張白目一百遍呀一百遍，而某白目先生可能也知道自己幹了什麼蠢事吧，因為在我努力作答的時候它都沒有跑出來灑紙花跟跳舞，剛剛的嚎啕大哭也像不曾存在一樣。

當然，如果它可以別在我考卷上塗鴉跟亂寫答案的話，我會更感謝的。

填充題一：馬斯洛需求層級的五種需求分別為……？

『搭波A、睡覺、做體操、塗鴉、安慈公。』

……馬的。

看著紙妖填寫的答案，我迅速在心底飆出了髒話，拜託喔，題目上寫的是馬斯洛需求層級不是你紙妖大大的需求層級啊！還有！為什麼我會被排在最後面啊！難道我竟然還不如一張搭波A嗎！這太過分了！

我恨恨的將正確答案重新寫過，試圖以無比的氣勢把紙妖寫的東西全部蓋過去，本來呢，我是可以用心平氣和的態度把答案給填好啦，但某個白目卻一直努力用力的在旁邊追加註解，讓人煩不勝煩！

馬斯洛需求層級一、生理需求。『睡覺、上廁所、灑紙花。』慢著，這個灑紙花是什麼見鬼的生理需求？

二、安全感。『搭波A。』……所以只要有搭波A你就覺得自己安全了嗎？

三、歸屬感與愛。『安慈公（嬌羞）。』你嬌羞個屁！別隨便把人當歸屬啦！

四、尊重。『做瑜珈。』啊？抱歉，這個我真的不懂，尊重跟瑜珈應該是八竿子打不著吧？

五、自我實現。『塗鴉。』……是說，你塗鴉是想要實現什麼啊……

眼神中帶著某種諦觀的透澈，我在這短短的五個答案中真切地了解到紙妖跟人類真的是完全不同的存在。

至少腦子絕對不同，不過說真的，我很懷疑紙妖這傢伙到底有沒有腦這種東西，就算有也肯定是紙糊的。

剩下的題目因為諸如上述的原因，我花了比平常還要多兩倍的時間才寫完，而且一邊寫答案一邊吐槽實在是太勞心費神，當我好不容易把整張考卷搞定之後，我整個腦袋頓時放空，累到差點連魂都要吐出來了。

看著考卷上滿滿的塗鴉跟錯誤答案，雖然紙妖說過那些字跡別人看不到，但我看得到啊！這是奇摩子的問題，看到自己的考卷被寫滿奇怪的東西論誰都開心不起來的，而且只要一想到我以後的考試可能都要面臨相同的情況，怎麼說，有種淡淡的哀傷？

思及此，我忍不住又長嘆了一口氣。

而可能是因為花了太多時間去處理考卷的關係，就在我整個人呈現放空的這時候，臺上的教授說出了結束這場考試的關鍵字：

「好，同學們停筆，收卷，老樣子從最後排傳回來！」教授這麼說，我下意識地低頭看了看手錶，嗯，現在的時間是下課前十分鐘，可惡，這種普通小考居然能讓我寫這麼久！都是紙妖害的！

我忿忿然地將自己那張被紙妖寫滿東西的考卷疊在後頭傳來的考卷上，看著上頭不但加粗放大還畫上了邊框在扭動的「壽山昇龍霸萬歲」的字樣，我發現自己必須非常用力的深呼吸才能讓自己的表情看起來比較沒那麼扭曲。

死命忍住把考卷揉爛的衝動，我努力控制自己的臉部肌肉，在確定臉上表情恢復平和之後，我伸手拍了拍坐在我前方的班代的肩。

「給。」有些緊張的，我將手中的那疊考卷傳了過去，然後就像過去幾次一樣，班代淡淡的回過頭伸手接下考卷，目不斜視，整個人的反應就像是沒看到我這個人似的。

啊啊、有必要這樣嗎？

人家我好歹也是有血有肉的耶，每次都這樣子被當成空氣透明人，我那小小的男兒自尊是會受傷的。

我在心裡淚目地想，緊接著下一秒，我跟班代的視線對上了。

更正確點來說，是班代神情複雜的看向我，臉上的表情甚至還有點欲言又止的味道。

啊咧？

等等、等一等！現在是怎樣？記憶中班代從來不曾這樣主動看我的啊，唔喔喔糟糕，只不過被人家正眼看個幾下而已，我居然就開始小鹿亂撞起來了，難道被人視而不見對我來說才是最剛好的嗎？有沒有這麼自虐啊？

「那、那個……考卷怎麼了嗎？」什麼都不講很奇怪，所以我隨口扯了一個問題出來，然後我看到班代看我的眼神更奇怪了，感覺好像在憋笑？

考卷有什麼好笑的嗎？我倍感疑惑地想著，接著就看到班代真的噗嗤地笑了出來。

「啊、抱歉，沒事，沒什麼……噗……」班代很努力的忍著笑，接過了我傳去的考卷後，將自己的疊上去之後繼續往前傳。

把考卷傳出去之後，她又回頭看了我一眼，緊接著迅速的別了回去，從她顫抖的肩膀看來，她似乎憋笑憋得很辛苦。

奇怪，難道是因為我的髮型嗎？

想到這個可能性，我下意識地拉了拉頭上的雜毛，我承認這造型的確很好笑，但是……不對啊，今天剛進教室的時候班代也看到這頭亂毛了，那時候明明就是一副當作沒看見的樣子，沒道理都看到現在了才想到要笑吧？

臺上的教授在這個時候依照往例的開始公布起剛才小考的答案，隨著那些答案揭曉，班上的各個角落斷斷續續傳來有抽氣聲跟捶胸頓足的音效，我雖然也答錯了幾題，不過在經過計算之後，個人的評估是還馬馬虎虎過得去，也就沒有太大反應了。

只是我又發現了一件奇怪的事。

那就是坐在我前方的班代在教授公布答案的時候，肩膀抖動得更厲害了。

這個，到底是哪裡好笑呢？不知怎地我十分在意班代的笑點，所以這下課之前的十分鐘，我除了分神聽教授的考卷解答篇之外，就是在偷窺……啊不，是在關心班代的反應，直到下課鐘響之前，我除了發現到班代一直在動筆寫些什麼之外，就是一直在憋笑。

這個……動筆這個有可能是在抄筆記跟正確解答，但這憋笑到底是在幹嘛？

喔喔喔喔我超在意的啦可惡！

難熬的十分鐘就這樣過去了，當宣布解放的下課鐘聲響起，教授開口放人的那一瞬間，教室頓時一片喧譁，然後我看到班代用十分飛快的腳步跑了出去。

不知為何，我下意識地覺得她應該是要衝去某個地方用力大笑一番，好抒發剛才在課堂沒能當場笑出來而憋出的內傷。

「到底是在笑什麼呢……」輕聲低喃著，我既好奇又覺得有點莫名奇妙的開始把筆放回筆盒裡，既然小考結束了那等下就沒必要繼續按照座號坐了，所以大部分的人都很有默契的把私人物品給收回背包，我也一樣，邊想著班代剛剛的奇怪舉止，我一邊收著東西。

就在這時，放在我背包裡的一包全新面紙突然跳了起來，如果不是因為我這些天來被紙妖的神出鬼沒給鍛鍊出一身泰山崩於前而面不改色的好定力，我現在應該會跟著那包面紙一起跳起來。

要死了，說過多少遍，要出現之前至少先吭個聲……我是說，先寫個字條提醒下，每次都這麼無消無息地蹦出來是想嚇死誰啦！

我瞪著那包衛生紙左扭扭右扭扭的在背包裡竄了好一陣，最後才有點看不下去的替紙妖把面紙的開口給打開。

「笨蛋啊你，幹嘛不選開過的面紙包？」悄聲罵道，我沒好氣的看著紙妖把自己從面紙包裡抽出來，只見它邊扭邊動還不忘在自己身上加註著什麼光滑柔細觸覺系……之類的奇怪描述，看了讓人實在很想扁……啊不，是揉爛。

『安慈公！』把自己給整張攤開，紙妖選了一個看起來很激動的字體，『小生發現一件大事了！是大事喔安慈公！』

「是是是，你終於發現自己在短短兩天內就浪費了我二十五包面紙了嗎？」扯扯嘴角，我面無表情的將筆盒塞進去，根據下課時間的喧譁程度，我現在沒必要在心底講，這讓我深深的覺得吐槽就是要說出來才行，只在心裡講實在是太憋屈了，「就算面紙比搭波A便宜很多，也不代表你可以這樣浪費，知不知道啊？」

『對不起，小生知錯了……欸！不是啦安慈公，您先聽我說……不是，您看我寫！』努力地將衛生紙展開來，像是怕我沒看到似的，紙妖還替衛生紙上的字加了大量的效果線跟邊框：『剛剛那個姑娘看得到小生啊！』

「是喔，有人看得到……嗯？」等一下！

看著這行字，我先是一愣然後一驚，立刻伸手抓住了背包裡的紙妖，「你說誰？」

『就是剛剛坐在安慈公前面的那位姑娘啊，她看得見小生呢！』

轟。

這是我腦袋瓜爆炸的聲音。

看著紙妖顯示出來的字，我的思緒一片亂糟糟，剛剛坐在我前面的……不就是班代嗎？班代看得到紙妖？「你……你怎麼知道她看得見你？」

『因為她看到安慈公考卷上的字了呀～剛剛還跟小生在聊關於塗鴉跟自我實現的問題呢～』紙妖很開心的寫道，還在這段文字旁邊畫了個Q版的嬌羞臉，『她說下次有機會的話可以過去她的筆記本上玩，安慈公，我可以過去吧？』

轟！

我的腦袋被二次爆破了。

看著背包裡那扭扭捏捏（皺成一團）的衛生紙，我現在的心情是說不出來的複雜，真要說的話大概是震撼這兩個字吧，班代能看到紙妖這件事真的讓我非常訝異，「所以說，班代她有陰陽眼？」

『陰陽眼？』衛生紙做出了一個歪頭的動作，『安慈公說是的話，那大概就是有吧，不過我們都管這類能瞧見的人叫見鬼者就是了。』

見鬼者是嗎……

我揉了揉太陽穴，說真的，我現在的心情真的很有見鬼的感覺，難道說班代之所以會特別迴避我，就是因為她「看得到」嗎？雖然我不完全算是妖怪，但是擁有妖怪血緣的我，看在這種「見鬼者」眼裡應該是有點陰陽怪氣的吧？

完了，我好沮喪。

在得知自己被拒絕的可能原因後，我整個肩膀都垮了下來，在今天之前，我從來沒想到會因為這種先天條件被人無視，拜託喔，我也不是自願生成這個樣子的啊，要投胎到哪個人家又不是我能決定的，而且突然知道這種事情，之後該怎麼面對班代才好啊……

……嗯？等等！

我意識到了一個嚴重的問題！

手迅速朝背包裡一探，我一把抓住了紙妖附身的那包衛生紙，抖著聲音問：「你剛剛說……班代看得到你？」

『對啊。』衛生紙的邊緣新增了嬌羞符號。

嬌羞個什麼勁啦！現在不是嬌羞的時候好嗎！手中握緊拳，我的血壓迅速竄升到本日新高，「也就是說剛剛你寫在我考卷上的那些亂七八糟的東西，班代她都看到了?!」

『當然啊，我還很貼心的在那位姑娘的筆記本上把寫在考卷的東西全部重寫一遍呢！』完全沒察覺到我現在的心情跟天崩地裂差不了多少，紙妖扭來扭去的繼續顯字：『她看得很開心耶，還替壽山昇龍霸畫了新的邊框～很漂亮的唷！等等有空的時候也畫給安慈公看吧！』

轟！

瞪著紙妖身上的字，我的頭殼很快樂的迎接了本日的第三次衝擊，有句話是「哀莫大於心死，而身死次之」，我想我現在不但心死，大概連眼神都跟著死了。

就在這個時候，我非常剛好的看到班代滿臉微笑的從教室外走進來，從氣色上來判斷，她大概已經跑去不知道哪個地方好好大笑過了，現在整個人可以說是神清氣爽到走路都有風，反觀我這邊，如果不是因為下一堂還要繼續上課，我現在肯定會奪門而出直接衝回宿舍去。

掩面，我將背包拉上、揹好、向後方衝刺這三個動作一次完成，只求能迅速逃離這塊傷心地的衝回了我本來的位置坐好，阿祥則是早早就收好東西的出現在我隔壁座位上，看見我那鐵青的臉色，他一臉心有戚戚焉的巴了過來。

「安慈，你也考砸了是嗎？」很不客氣的勾住我的肩，阿祥很大氣的拍了拍自己的胸膛，「來吧！兄弟一場，想哭的話隨時歡迎你過來哭！」

「才不是你想的那樣，」隨手把阿祥的手拍掉，我打開背包取出剛才隨便丟進去的筆盒跟課堂講義，「唉，總之很複雜啦……」

「複雜？」甩了甩被我打個正著的手，阿祥一臉不懂，「剛才的考卷嗎？」

考卷啊……

我重重地嘆了口氣，擺在桌上的講義迅速浮現出「壽山昇龍霸」的進階版字樣，看著那五顏六色到會讓人眼睛痛的大字，我覺得自己的腸子被打了好幾個死結，「阿祥，你的直覺有時候還挺準的……」

「嗯？一直都很準啊，」沒有察覺到我話中的涵意，阿祥鼻頭仰天的炫耀起來，「我剛剛靠著直覺寫完了所有的選擇題，而且還猜五中四呢！」得意。

「是喔，看來你考得不錯。」

「不，我考砸了。」

啊？「不是說猜五中四嗎？」這樣還能考砸？

「是啊，」點頭，阿祥一臉正色，「但我填充題一個都不會寫，所以還是砸了。」

「……」

自從遇到阿祥之後，我知道所謂考試念書什麼的，就像那浮雲……

青燈・之六　蠱

鏡底葬花　花有淚
淚中藏月　月無顏
事過　而後境遷

這堂課就在我糾結又糾結的情況下平安度過了。

而在下課鐘聲響起，大家都收拾東西準備要離開的時候，我還看到班代特別回過頭來往我這邊看了一眼，在噗嗤一笑之後就以三倍速離開了教室現場……

我的小心靈受到某種程度的打擊。

那個「噗嗤」是怎樣啦！那種寫滿了紙妖詭異答案的考卷真的有那麼好笑嗎？我在吐槽的時候一點都不覺得那好笑啊！

「安慈，」阿祥的手又巴了過來，一臉的不敢置信，另外一手很沒禮貌的直接指著舉步離開的班代，「你看到了嗎？剛剛班代她……」

「是是是，我看到了——」

「——果然你也看到了，那就不是我看錯了！」阿祥的語氣興奮到像中樂透，幾乎變成愛心狀的眼睛死死跟著班代的背影不放，搭在我肩膀上的手還用力的把我搖來晃去，「安慈！班代她看著我笑耶！」

靠！「最好是啦！少自戀了，」班代才不是在看你咧！我反手就拿起收好的背包往某人頭上砸，看看能不能把這傢伙妄想過剩的大腦給砸醒，「放手，你搖得我都要暈了！」

「嘖嘖、不用說太多，我都知道的安慈，你肯定是在忌妒我對不對~」放過我的肩膀，阿祥自我感覺良好的雙手捧著胸口，「啊！班代大大的回眸一笑可是千金難買啊！忌妒吧！羨慕吧哇哈哈哈！」

哈你個頭。

看著阿祥的滿面春風，我發現自己連吐槽的力氣都沒有了。

「是啦是啦，我超忌妒你的。」我好忌妒你的樂天啊，分一半……不，只要分四分之一哪怕是十分之一給我也好，我現在非常需要你這份樂天啊阿祥。

揉著太陽穴，我在心底無奈的嘆道，然後很沒力的揹起我收好的包包朝外頭走去，「我要回宿舍睡覺了。」接下來一直要等到七八節才有課，昨晚折騰了一夜沒睡，剛好可以趁機補眠一下，還能順便平復我糾結的心情。

「嗯，也好，你還是睡一下吧，中午要叫你起來吃飯嗎？」從花痴狀態回神過來，阿祥揣起他的大背袋跟在我後面追問。

「中餐喔……啊，」糟糕，我忘了今天是輪到我買飯，「你要吃什麼？」

「跟昨天一樣的炒飯，」一秒回答，阿祥看著我的臉然後嘖嘖兩聲，「啊啊~真是的，安慈你的臉色實在有夠差耶，都這副模樣了還狠下心使喚你去買飯的話，我豈不像個壞人一樣了？所以！今天我自己去買就好了，你要不要吃？我可以順便幫你買回宿舍喔。」

嚇！

「你哪根筋不對啊？突然這麼好心？」挪開三小步，我故作警戒的看著阿祥。

「拜託，我本來就這麼好心腸的好嗎？」

「少來了，其實是想去看正妹吧。」那個炒飯店的新工讀生。

「何必這樣戳破我，」阿祥不是很滿意的用手肘頂了過來，「有妹不看還算是男人嗎？」

我就知道，果然是因為這樣的原因，「真是的，剛剛還在高興班代對你笑呢，轉眼就變換目標了。」

「這個欣賞的層級不同嘛，平常看不到也吃不到跟看得到但吃不到的等級是不同的！」說著很像繞口令的東西，阿祥開始闡揚他的看妹學說，「像班代那種就是典型的前者，炒飯店死會的正咩就是標準後者！懂了沒？」

「不懂。」

「嘖嘖，你這個不懂看妹美學的傢伙……」鄙視。

「隨便啦，」敷衍的揮揮手，我不想繼續跟阿祥爭論這種沒營養的東西，「總之中餐就拜託你了，我要蝦仁炒蛋。」

「收到～哇哈哈！今天真是個美好的日子啊！」

阿祥非常陽光的發出了這樣的宣言，我只覺得自己頭上的烏雲更加濃密了，回到宿舍，我隨便換了套輕便的衣服就爬上床，可能是因為鬆懈下來又或者是真的太累，我幾乎是沾床就睡，一直到阿祥把我叫起來吃飯才醒來，可吃完之後馬上又倒頭繼續睡了。

在深沉的睡眠中，我好像夢到了什麼，不過那並不是屬於我的夢境。

我看到有三個穿著古服的人漫步在一片翠綠之中，其中一個是我昨晚才見到過的洛神妖仙，雖然在夢裡的氣質跟穿著都有點不太一樣，不過給人的感覺是相同的。

另外兩個是一男一女，狀似親暱的偎在一起，看起來不是夫妻就是情侶，感情非常好的樣子，只是這兩個我不認識，三人走著走著，然後在那片翠綠之中，逐漸有白色的花朵綻放。

當那些白花完全盛開之時，偎在男人身邊的女性跑了出去，在朵朵白花的簇擁下旋舞著，白色的花瓣隨著女子的舞動一起轉上了天，然後如細雨般落下。

因為對花卉沒什麼研究，我不知道那些潔白如雪的花朵是什麼，只曉得那個男人很溫柔的笑了，他舉步上前，緩緩走到那個停下旋舞的女子身旁，從衣袖裡掏出了一根精緻的簪子替對方簪上。

『野有蔓草，零露溥兮。有美一人，清揚婉兮。』順著女子的髮，男人輕吟著詩句，『邂逅相遇，適我願兮……』

女子露出了羞怯與驚喜的笑意，雙頰染上了霞彩。

『沒正經，若宓在看呢。』她說，但是男人並不是很在意，反而聳聳肩轉向洛神，半開玩笑的朝洛神伸出手，繼續唱下去：

『野有蔓草，零露瀼瀼。有美一人，婉如清——唉！』

『輕薄、笨蛋！』她用力踩了男人一腳，嬌嗔地跑到洛神身邊，『對若宓唱這詩，你有什麼企圖啊你！』

『冤枉啊，我的心底一直都只有夫人一個……』

『少來！』佯裝薄怒，女子拉著人就往另一邊走去，後頭，男人陪著笑臉追了上來，看著這一切，洛神花妖沒有多說什麼，只是任女人拉著走，嘴角緩緩勾起了足以傾城的弧度。

這個畫面帶給人一種溫暖祥和的感受，儘管只是單純旁觀也會覺得胸口中有幸福溢出。

很美的夢。

美的讓我有點心痛，因為我知道，這是洛神的夢。

夢醒之時，我只覺得有什麼重重的敲在我心頭，這讓我忍不住爬下床拿起掛在椅背上的襯衫，將口袋裡的鮮紅花萼給取了出來。

若宓。

如果沒記錯的話，夢裡的女人是這麼喊洛神花妖的，所以，那就是妖仙的名字嗎？

「圖書館啊……」再看了一眼掌中的豔紅色澤，我轉頭望向窗外，「等等的課上完之後就過去一趟吧。」

輕聲低喃著，我整個人有點感傷，不過這樣的情緒並沒有維持太久，因為就在這個時候，宿舍的門被某人大力打開了，還附帶足以把任何熟睡的人給吵醒的音量。

「安慈！體育課——啊咧，你已經醒啦？」

「嗯啊、醒了醒了。」有些手忙腳亂的把手中的花萼塞進背包內袋，為了掩飾這個動作，我故作鎮定的繼續從書桌上抓書往包包裡塞。

「安慈，等下體育課耶，你帶那麼多書幹嘛？」

呃，「這個，這是圖書館的書啦，我打算等等上完課就拿去還！」

「啊？你不是前幾天才借的嗎？離歸還期限還早吧？」

「欸，我怕忘記嘛，」隨便扯了個藉口，我繼續收拾，這學期我跟阿祥的體育課都是選保齡球，上課的時候要自行前往保齡球館集合，上完之後再各自解散，「反正下課回來之後也順路啊，總歸是要還的，你就當順便載我過去吧。」

「喔，那我先去停車場牽車，你弄好之後直接去大門等我。」

「嗯，」含糊點頭，我胡亂塞書的動作在阿祥關上寢室房門離開後停了下來，「呼……真是的，開門之前也不敲一下。」就算是自己的房間，也好歹要考慮下我這個室友的心情吧，我的小心臟很脆弱的，承受不了太大的驚嚇。

把包包裡被亂塞進去而我還沒看完的書拿出來，我加緊動作地換衣服，順便喊上某個白目：「紙妖？你——」

——碰！

話還沒說完，我的頭上瞬間爆出了紙花，一片又一片的，直接灑了我整身都是。

『安慈公叫我啊？』某張白目很歡的從正上方飄下來，邊飄還邊旋轉，每轉一圈身上的字就跟著變換，在那上頭我隱約看到了諸如溫馨、開心、放心之類的詭異字樣。

俗話說，忍字頭上一把刀，但在這個摸門特，我深深的覺得我的「忍」字頭上應該是一張紙才對。

「沒事灑什麼紙花啦！我等下要上課耶！」用力把身上的碎紙片拍掉，我非常不客氣的把還在空中飄轉的紙妖一把抓住，上頭的字樣剛好轉到了「就甘心」，哇咧，這張紙居然還懂臺語！「上完課之後跟我去圖書館一趟，就是你出來的那個圖書館。」

『妖仙大人的委託是嗎？』紙妖替自己加上了閃亮符號，『沒問題！小生會盡全力幫忙的！一定讓安慈公順利完成囑託！』

你不要給我惹麻煩就不錯啦！

我翻翻白眼，一把將紙妖塞進包包再順手抽了幾張搭波A進去給它玩，免得這傢伙在我上課的時候因為太無聊而搞出什麼奇怪的事情來，那樣真的會吃不完兜著走。

體育課可是跨系選修項目，我可不想丟臉丟到別系去……

……啊。

「糟糕，我的頭髮……」我居然忘了這個最能成為他人笑柄的東西！

早知道下午的時候就要趁機去趟理髮店了，一百塊的那種隨手家庭理髮也好過我現在這個鳥頭，但是時間緊迫，在我拖拖拉拉的這個時候阿祥搞不好已經在門口等我了，「算了，隨便抓個帽子戴上吧。」

幸好保齡球課跟一般課堂不一樣，老師不會管人上課戴不戴帽子，不然真的會很糗。拿起掛在衣架上的鴨舌帽把我的鳥頭給遮起來，我抓著背包快步走出門，在確定寢室房門確實反鎖之後，套了個球鞋就速速衝出宿舍。

今天的保齡球課……好吧，與其說是上課，不如說是去單純打個四局而已，只要肯下去打基本上就會有分數，雖然需要交錢啦，但是跟平常出去外面打相比，學校這種包場下來的課程還是比較優惠。

而且這種有打就有分的課不是每次都能選上的，想當初剛開放選課的時候，我跟阿祥都可是盯緊電腦連刷了好幾次的選課頁面才成功選到保齡球，至於我在課堂上一般都打了幾分……

……哎呀，分數不是重點啦！只要是人都會有手滑的時候，球要往哪邊滾是它的自由，重點是我每次都有把四局打完，體育課嘛，只要知道這個就可以了。

結束這兩堂有點心不在焉的體育課，我讓阿祥載到了圖書館。

「要等你還完書嗎？」接過我摘下來的安全帽，阿祥問，「應該不會很久吧？」

呃。

抱歉，我也不知道會用多久，因為我不是單純來還書的……當然這些話不能跟阿祥說，不然他肯定又要追根究柢的問上來了，「我還有其他書想借，可能會拖上一點時間，你先回去啦，我等下自己走回去就好。」

「好吧，」不疑有它，阿祥把手中安全帽掛到吊鉤上，「那我先走了喔？」

「嗯，謝啦～」我拿出鴨舌帽重新戴上。

「客氣啥，回來的時候順便幫我買杯珍奶就好。」燦爛。

笑這麼燦爛幹嘛？牙齒的反光刺得人眼睛都痛了，「好啦好啦，看在你帶我過來的分上。」

「那我要五十嵐，大杯的，兩倍糖喔。」語畢，像是怕我反悔一樣，阿祥迅速催下油門逃逸，轉眼間就只剩下一個小小的背影。

靠，這是赤裸裸的訛詐啊！放話就跑是不道德的行為！

「咩的，又來了，點什麼五十嵐……」嘟囔著，我替自己的荷包感到陣陣心疼，然後紙妖適時地跳了出來。

『五十嵐是什麼？』一張白色的小旗子從我的袋子裡伸了出來，旗面上寫著這樣的問句。

「五十嵐是一家連鎖飲料店……簡單來說就是賣喝的的地方。」概略的解說，我隨手把那根旗子抽起來，嘖嘖，不愧是紙妖，旗杆捲得有夠紮實，要不是像這樣直接拿在手上的話，絕對不會發現這玩意是用紙做出來的。

『安慈公不喜歡五十嵐嗎？』

「這個，我個人是對它的飲料沒有偏見啦，只對那個價格有點意見而已，」扯了下嘴角，我把旗子塞回肩上的袋子裡，「不過，不管哪家店都會有人喜歡有人不喜歡嘛，像阿祥那小子就超愛五十嵐的，我個人是覺得一樣都是飲料，便宜的喝起來也不差……個人喜好不同囉～不予置評。」

『安慈公這話真是有哲理啊……』袋子裡伸出第二面旗子。

啊？

我呆了一下，那個……我剛剛說了什麼哲理性的話嗎？應該沒有吧？

看著第二張旗，我的腳步整個呆滯在階梯上，然後第三面旗子伸了出來：

『有朋友跟我說，看人要從小地方看起，安慈公，小生今天藉由一杯五十嵐見證了您的偉大胸襟啊！』

嗯哼？

我聞到了一絲不對勁的味道，這廝什麼時候懂得逢迎拍馬了？換作是平常的話現在應該要噴點紙片還紙花出來的，再不然就是會做個上頭標有五十嵐字樣的紙杯仿冒品來「安慰」我，現在居然什麼都沒做？

太異常了。

「奉承我也是沒有用的，突然這麼諂媚……說！你有什麼企圖？」雙眼一瞇，我迅速繞到了圖書館的另一側裝做要等人的樣子，在把所有旗子塞進袋子最深處之後，立刻大手一抓把裡頭的紙妖給揪了出來，然後我呆了，「你…你在幹嘛？」

看著手中那疑似掛著紙西裝的紙妖，我愕然，這個……「紙娃娃剪貼？」這傢伙從哪裡學來這玩意的？不，重點是，「你幹嘛把自己弄成這樣啊？」

我不知道一張紙也會注重自己的服裝儀容。

『（嬌羞）』

「沒事不要替自己畫上嬌羞符號啦！」看著紙妖身上那N條象徵嬌羞的斜線，我的額頭也忍不住垂下斜線來，只不過兩者的傾斜角度不依樣，而且我的是黑色它的是粉紅色，「這是在做什麼？哇塞，你還做了領帶跟西裝褲？」這會不會太精巧？

『安慈公，幫我挑一下好不好？您覺得哪一套比較好看？』

哪一套？「這玩意不只一套嗎！」

『不只喔，我做了好多套呢～』紙妖舉著旗子這麼寫道，然後我看見一堆紙娃娃衣服從我的袋子裡噴出來，上衣、下裝、帽子、配件、鞋子……每一樣都有著非常精緻的作工，我甚至還看到了疑似綴有紙蕾絲花邊的紙裙子……

……嗯？裙子？

不是吧。

面色凝重的伸出空著的手捏住那件粉紅色的蕾絲花邊紙裙子，我的指頭有點抖，「那個、紙妖大大……雖然我們已經相處了一小段時間，不過，」吞了口口水，我瞪著那個可愛到不行的紙裙子，硬著頭皮問下去：「我好像還沒有請教過你的性別……？」

雖然不太清楚一張紙到底會不會有性別，但如果紙妖其實是個「她」的話，那我可能就要重新審視一下跟「她」之間相處的問題，也許得比過去還要更包容然後再更溫柔——

『討厭～安慈公怎麼問人家這種問題啦～❤』語尾標注了愛心符號，紙妖嬌羞再嬌羞。

——不，我錯了，就算真是女的我也沒辦法對這種白目溫柔起來，我的心胸還沒有寬廣到這個地步！「快說，不然我就把你這些紙衣服通通揉爛。」林北的忍耐是有限度的。

『不要啊～小生當然是頂天立地的男紙漢啊！安慈公您輕點，那件裙子小生做得很辛苦，皺巴巴的話會不好看啊安慈公！』為了能讓裙子那華麗的粉紅蕾絲邊能夠維持它的平整，紙妖賣力揮舞起小紙旗。

我頭上的斜線增加了。

「好好一個男生跟人家穿什麼蕾絲花邊啊？還粉紅色的！」

『可是很可愛啊……』六級字體，『安慈公不這麼覺得嗎？』

「大男人要可愛幹嘛？」打死我都不會穿這種東西出門。

『哼，安慈公根本不懂蕾絲花邊的美好。』三級字體，這讓我看得有點辛苦，沒想到紙妖能把這種小字俐落的呈現出來而沒有糊在一起，不知道這算不算是一種另類的強大，而且除了字小之外，這傢伙還在蕾絲花邊這四個字下面加底線。

看著手中捏著的粉色紙裙，再看看紙妖那揮來揮去的蕾絲花邊主張，我發現自己無法理解妖怪的審美觀。

基於紙娃娃服裝在空中飄飛的模樣實在太驚悚，而且就視覺上來說，一個頭戴鴨舌帽手上還捏著紙衣服的男生看起來實在很詭異，所以我直接就地蹲下，利用矮灌木的高度進行掩護免得嚇到人。

「還不快把東西都收起來，要進去了啦，」指著在我身邊飄來飄去的紙衣紙鞋紙褲，我說得有點無力，「這樣進去會嚇到人的。」

『喔，那安慈公快點幫我挑一套穿上嘛～』在紙上畫出了一雙閃亮大眼，紙妖在我手上灑起迷你碎花，『回去找朋友總是要穿得體面點，這樣才有禮貌。』

「你還有禮貌這種東西？」

『當然。』挺。

哼，「一個真正有禮貌的傢伙是不會在別人的考卷上塗鴉，甚至寫上『馬麻有變態』這種東西的。」我嚴肅地糾正，紙妖空白了幾秒。

『啊！安慈公！今天的雲好白啊！』

……

咳嗯，總之，後來我隨便替他挑了一套感覺像是要去面試的衣服，邊幫把衣服掛上去我還得邊勸它放棄那條粉紅蕾絲裙，不然紙妖可能會把那裙子頂在頭上。

「幹嘛這麼執著那條裙子啊？就跟你說配起來很怪了。」黑色西裝上衣跟粉紅蕾絲裙的組合不覺得很獵奇嗎？

『可是那裙子很可愛……』

「真的穿上去就不可愛了啦。」

『安慈公又沒穿過裙子，怎麼知道不可愛！』反駁，不過紙妖這句反駁對我無效，非但無效，還很順利的勾起了我那慘澹的童年回憶，頓時我臉色一黑，背後散發出暗黑氣息。

「哼哼……你又知道我沒穿過了？」林北小時候可是有過一段被當成女孩子在養的時期，別說什麼裙子，我甚至連花童小禮服外加公主裝都穿過！

嗯？你說照片？

當然是老話一句的——沒有那種東西！

升上國中之後因為覺得留著那玩意實在太過羞恥，所以某次趁爸媽不在家的時候就把我能找到的「黑歷史」通通毀屍滅跡了，連渣都沒剩下。

至於我找不到的那些……大概是被母親藏起來了還怎樣，這個我就沒辦法了，母親的私藏抽屜總是上了N道鎖，從機車大鎖到密碼鎖一應俱全，甚至還有卡片鎖！天曉得她從哪裡弄來這麼高科技的東西，要打開那堆還不如把抽屜直接拆了比較快。

在發現我說話的語氣有點危險之後，紙妖很難得的沒有再寫出什麼會讓人青筋炸裂的東西，十足乖巧地把那堆紙衣服收回袋子裡，旗面上頭的字樣也改成了：圖書館觀光一日遊。

是說，誰在跟你觀光啊？還有，「為什麼你身上突然多了相機配件？」我記得剛剛沒這樣東西，仔細看居然還是拍立得的模樣。

『剛剛做好的～』紙妖很得意的扭了下，『這樣比較符合觀光客的形象。』寫完這串字，紙妖甚至按了下紙相機上面的紙快門……

「……走吧。」我已經不想吐槽為什麼那個快門真的能按了，不然我怕等一下紙妖會用那臺拍立得弄出紙照片來。

搖搖頭，我起身舉步轉進了圖書館，由於是平常日剛下課的時間，所以裡頭除了工作人員之外沒有什麼人，這讓我稍微鬆了口氣，至少這樣找起東西來壓力不會那麼大。

「鏡子是嗎，」記得妖仙說過對方的本命是鏡子，可鏡子那麼多種，找起來似乎有點困難，而且進來之後好像都沒看見類似鏡子的東西……「會在哪呢？」直接問紙妖好了。

『欸，』想到就做，我在心底問了過去：『你知道那一位的鏡子在哪嗎？』

『不知道。』出乎意料地，紙妖寫道：『本命對妖很重要，一般都會藏起來，不然就是偽裝得不像本命，雖然我跟這裡的鏡子交情不錯，但是還不到會讓我知道本命位置的程度。』

「這樣啊……」說的也是，跟別人說本命這種事就跟把自己的腦袋別在其他人的腰帶上一樣，至少也要有過命的交情才能講，不然哪天連自己怎麼死了都不知道，「傷腦筋，這下子要怎麼找……」

「先生在找什麼書嗎？」

嚇！

一個親切的問候聲從我身後傳出，讓正在思考該去哪找鏡子的我嚇了一大跳，回過頭，出聲的是圖書館的小姐，她手上正推著一臺裝滿了書的推車，看起來正要將它們推去歸位。

「呃、那個……」我不是來找書的，我是來找放在圖書館那的某面鏡子裡的妖怪，因為有位妖仙委託我來傳話……這種話說出來應該會被當成瘋子轟出去，就隨便說點什麼搪塞過去吧！「請問廁所在哪裡？」

問這個最安全。

「噢，廁所是嗎？你沿著這條路走過去，到底之後右轉，然後……」聽到我的問題，小姐立刻熱心的替我指路，而我在聽完小姐的指點之後，匆忙的道了幾聲謝就快步跑開了，看在那個小姐眼裡我現在應該很像是個急著要上廁所的人吧。

總覺得有點尷尬啊。

『安慈公，』就在依照著圖書館小姐指示的方向快步前進時，紙妖的那面小旗子又伸了出來，『這樣是不是就是小說上寫的尿遁啊？』

「並不是，」一秒否定，我把那面旗子給壓回包包，「你別出來啦，被人看到怎麼辦？」

『就說是變魔術？』旗子又跑了出來，『安慈公魔術秀！喔！』

「笨蛋！」我啐道：「別寫那些五四三啦。」誰在跟你魔術秀啊！

『五』、『四』、『三』，在我又一次的把紙妖給壓回去之後，三張小旗子分別寫著這三個數字從我包包裡伸出來，呈現扇形展開的在那邊揮啊揮……

……欠扁！

「再不收斂點以後一天只給你玩十張搭波A喔！」

『！』驚嘆號充滿了旗面，然後在眨眼間縮回了包包裡，看到這個情形，我表示很滿意，但才滿意沒幾秒，旗子又伸了出來，『那個，二十張好不好？』

靠！居然還敢討價還價？「最多十三！」

『十七！』

「不行，頂多十四！」

『十六！』

「想太多，不要拉倒。」

這種沒營養的喊價一直持續到我走進廁所為止，最後還是沒有爭出一個切確的數字來，不過我是覺得就算定好數字紙妖也不知道能遵守多少，所以就沒有繼續堅持跟它討價還價下去了，那樣很沒意義，而且現在還有其他事情等著我去做。

因為沒有真的要上廁所的關係，我很自然的走到洗手臺那邊，看著洗手檯的大鏡子，我嘆了口氣，「鏡子啊……有沒有辦法直接把人叫過來呢？既然本命是紙的你可以在紙張裡頭移動，那麼本命是鏡子的妖怪是不是也能在鏡子裡移動啊？」

『可以喔。』

「那就是只要有鏡子就可以了嘛！」我好像想得太複雜了，一直以為要找到本命鏡才行。

『差不多是這樣沒錯，所以安慈公現在不找鏡妖的鏡子囉？』

「嗯啊，我本來想說要找到那面鏡子才行，但現在看來……好像直接找人也可以了，」

如果能自由在鏡子裡移動的話，那找哪面鏡子應該都一樣，想到這，我敲了敲洗手檯的那面大鏡子，好了，現在該說什麼？「欸，請問有人在嗎？」

我叩叩的敲了幾下，回應我的是一片無聲。
幸好現在廁所沒有其他人，不然這樣真的像神經病。
「啊哈哈……果然不是這麼好找的，」乾笑的搔搔頭，就在這時，紙妖從我的包包裡跳了出來，整張紙往鏡面貼了過去，鏡子在紙妖完全貼上去的瞬間閃過了一幕翠綠的畫面，我看到鏡中的我露出了驚愕的表情，緊接著有強光從鏡子裡炸出！
「呃？」
抬手橫在眼前遮擋，我下意識的閉緊雙眼避開這道強光，然後感受到一陣清新的微風吹過，芬芳的花香撲鼻而來……
……嗯？等一下，輕風跟花香？
我不是在廁所嗎？廁所哪來這種輕風跟花香啊？頂多就是電風扇跟廁所芳香劑吧。
困惑的睜開眼，在我看到眼前是什麼景象後，我更困惑了。
我眼前出現了一片翠綠原野，各色的花朵爭妍怒放，不遠處立有石製的涼亭跟桌椅，涼亭旁有幾棵果實纍纍的大樹，我目瞪口呆的看著這些，無法理解為什麼上一秒還在廁所的自己會突然跑到這種地方來。
「紙妖，這裡是……」哪裡？
『是鏡世界喔，我們被鏡子的主人邀請過來了。』
不要寫得那麼輕鬆啊我說！
看著紙妖寫在旗子上的解釋，我努力保持鎮定的情緒，在好幾個深呼吸之後才稍微平復了突然被帶到另個世界的驚嚇，開始有餘裕去環顧四周的鳥語花香，但是不管我怎麼看，除了花草樹木、涼亭跟零星的小動物之外，我沒有瞧見任何疑似「主人」的傢伙在。

「奇怪，既然是被邀請來了……人呢？」

『不知道，一般來說都會在的啊……』紙妖也露出了疑惑的樣子，一張紙在空中飄來扭去的，看來是不能指望它了。

抱著既來之則安之的心情，我在這片綠原中漫步起來，自從為了求學而搬到都市生活之後，這種悠哉的踏青已經很久沒有過了，讓我有種懷念感。

只是這裡的草木給我種有哪裡不太一樣的違和，至於是哪裡不一樣……我也說不上來，這裡畢竟是屬於妖怪的世界，會有點不同應該也是理所當然的吧。

鏡世界裡頭非常廣大，放眼望去好像可以無限延伸下去似的，而且不管走多久，每到一個段落就會出現一座可供休憩的涼亭，每一座造型都不一樣，甚至有時候連材質也不同，我看到了竹子做的、木頭做的、石頭做的，甚至……

「哇塞，這該不會是玉吧？」我走到一座通體碧綠，上頭有著溫潤流光的古式涼亭前，好奇地伸手摸了摸那冰涼的柱子……喔喔，這質感摸起來真的是玉耶，到底哪來這麼大的玉石做涼亭啊？不，重點是居然拿玉來做涼亭，這會不會太奢侈浪費了點？仔細看上頭還鑲了銀線……

嘖嘖，這玩意要是擺在外頭的話，肯定會被偷光光的，而且是偷到連地基都不剩的地步，開玩笑，這麼大的玉啊！就算只敲下一塊邊角料都很值錢的！

『安慈公對這個有興趣？』

「該說興趣嗎……只是覺得這個太壯觀了……」我長這麼大還沒見過這麼驚人的東西，不論是作工還是它本身的價格，「不知道是打哪來的。」

『喔，這是某個皇帝的陪葬品喔。』

「喔～原來是帝王的陪葬品啊，難怪……啥?!」陪葬品？我摸在上頭的手立刻縮了回來，「陪葬品怎麼會出現在這？」不是應該好好的待在墓陵裡嗎！啊、「你們偷人類的東西？」

『才沒有偷呢，』紙妖憤然舉起抗議大旗，『鏡妖只是能把看過的東西複製起來而已，這個世界裡的每樣東西都是複製品呀。』

複製品。

原來如此，這是那位鏡妖的能力嗎？因為本身是鏡子的關係所以能把看過的東西忠實呈現出來，嗯，這個感覺上還蠻合理的，所以我在這裡所感受到的違和感，是因為那些草木都是複製品的關係？

有了這層認知後，我終於可以完全忽視周遭環境帶給我的違和，專心去欣賞這片秀麗風光，不過……我輕拍了下身邊的玉石亭，「這是哪個帝王的陪葬品啊？居然有辦法做這麼大。」

『不知道耶，要問鏡妖才行，不過這世界裡的物品大小也是隨她喜好在變動的，所以這個的實體可能沒這麼大，說不定本來只有古玩小物的程度而已。』

「喔喔……」看著紙妖難得寫出有道理的話來，我的心裡突然迸發出一種吾家有紙初長成的感慨，最後再看了這座玉石涼亭幾眼，我繼續往前走去。

在看了好一陣子後，我發現這裡其實都是些大同小異的東西，只是越往裡頭走，東西給人的感覺就越古老，這讓我有種走進時光隧道的錯覺，然後終於，我走到了一個格外不一樣的地方，雖然花還是花草還是草，但是本來都會擺著涼亭的地點現在卻聳立著一座……廟？

為什麼這種地方會有廟啊？樣式還非常復古，看來又是一個不知道從哪個朝代來的複製品。

這座廟很大，除了正門之外其他三面都被大樹環繞，左側有個小亭子，右側則是個疑似香爐的東西，四周老樣子的布滿了盎然的蓊鬱，比較吸引我注意的，大概是在這片綠色中唯一枯掉的那棵樹，在花草的包圍下，那株枯木顯得格外顯眼。

自從我被「邀請」進這個世界之後，這一路走來還是首次看到有樹枯掉，嗯，所以複製品也是一樣會枯萎的嗎？那麼那些小動物們也會自然死亡囉？

我在心裡揣測著，腳下很自動的朝那棵枯木走去，可能是因為枯萎的關係，這棵樹看起來不是很高，已經乾癟的細枝非常茂密，想來在之前是棵很有朝氣的樹吧。

啪、啪……

耳邊傳來斷斷續續踏斷枯枝的聲響，我站到那棵樹旁開始觀察起來，就在這個時候，我突然感覺到腳下有扯動的力道，很像是有東西被我踩到，正企圖從我的鞋板底脫困一樣。

「？」什麼東西？

很自然的往腳下看，只見一條被我踩著的帶子正被人一扯一扯地試圖從我鞋底抽出，順著這條長帶看去，我看到了一雙小手，再順著看過去，我看到了小手的主人。
那是一個很可愛很可愛的小女孩，雖然身上穿著不知哪個朝代的服裝，但是這樣的衣著反而將那張精緻小巧的臉蛋襯得更加、更加……用可愛來形容好像還不大夠，總覺得應該用更上一階的形容詞，好比說……萌？
就在我思考著該怎麼形容這個可愛小蘿莉時，對方終於發現了我正在看著她，小女孩緩緩抬頭跟我四目相接，然後……
『……呀啊！』
然後她逃走了，還附帶尖叫。
囧。
等等、哥哥我不是壞人啊！
看著那個可愛的小女孩逃命似的鑽進了一旁的樹叢堆裡，我的內心不禁如此哀號，奇怪，難道是我長得很兇惡嗎？應該沒有吧？那為什麼只是視線對上而已就要尖叫著逃走呢？
「那個，不好意思——」
『——不要啊、你你你不要過來！』樹叢沙沙顫抖著，裡頭傳出倉惶的聲音，『我我我會把你丟出去的，真的會把你丟出去的喔！』
囧。
聽到這種叫法，我囧到連下巴都掉了，天地良心喔，我真的沒有要對妳怎樣啊，而且一開始是妳把我拉進這裡來的耶，現在看到人就尖叫成這樣是要我情何以堪啦！

繼續在心底哀號遍野，我完全不知道該如何形容自己目前的心情，想問問看紙妖現在究竟是啥情況，但是在看到那傢伙在旗子上寫的東西之後，我放棄要求助它的想法了，因為上頭大剌剌的寫著：

『安慈公很NICE的，這其中一定有什麼誤會！』

舉著這樣的大旗，紙妖在空中快樂的飛來飛去。

冷眼看著那面旗幟，我沒多說什麼，只是很乾脆的一掌把它巴進樹叢裡，緊接著下一秒，紙妖就跟女孩一起滾了出來。

或者該說，女孩被突然鑽進去的紙妖給嚇到整個人彈了出來，一直到這個時候我才發現這個一直蹲坐在地的孩子似乎……沒有腳？

看著女孩那塌癟的裙子，再看她那狼狽彈出的樣子，我在覺得她很可愛的同時，也覺得她好像有一點可憐，這大概就是所謂的惻隱之心吧，想到我得轉告她關於花仙消亡的事情，這份莫名的心疼又更重了些。

女孩趴倒在地上，我上前伸手想要扶她起來，但手才剛靠過去，女孩就像是看見什麼毒蛇猛獸般向後彈開了好幾步，然後連滾帶爬的又退出一段距離。

『不要哇～為什麼你會跑進來！這裡明明只有妖者才進得來的！為什麼會有人類跑進來呢？』邊哭邊叫著，女孩哭的稀里嘩啦，抖得有如秋風落葉，老實說，這樣讓我很尷尬。

在這個尷尬當頭，有張紙朝著女孩的方向爬了過去。

『娃娃，好久不見。』舉著大旗，西裝筆挺的紙妖寫道。

『咦？』看到紙妖的出現，女孩的水龍頭頓時停住，她眨著一雙錯愕的水亮大眼，滿臉的不可思議，『紙爺？怎麼會是你？』

紙爺？

這個稱謂讓我的神經抽搐了兩下。

是怎樣，難道妖怪們在稱呼對方時一定都要在後頭加個「爺」字嗎？我怎麼看都不覺得紙妖這傢伙會需要被這樣敬稱啊。

兩隻妖就這樣開始了對談，氣氛和樂融融的，讓人看著胸悶加氣悶。

因為我終於知道，在妖怪的世界裡，像我這樣的傢伙遠比一張會動外加白目的紙要可疑得多，哪怕臉上掛著人畜無害的微笑也一樣，這個事實真讓人高興不起來。

站在一旁，我靜靜的看紙妖努力說服那個小女孩，紙上寫滿了一堆讓我哭笑不得的文字。

『安慈公是好人！』少在那裡亂發卡。

『安慈公會壽山昇龍霸！』並不會好嗎，還有要我說多少次啊，這個絕招不是那座山！

『安慈公很正！是正咩！』

靠！

「不要在那裡亂講啦！」忍無可忍，我彎下身子迅速揮手把紙妖給整張捏起，「你是在幫我解釋還是來吐槽我的啊？」

『當然是在幫安慈公說話來的……』委屈，紙妖舉著旗子伸到鏡妖面前，『相信我，我沒有騙妳，安慈公是跟我一起進來的，不是壞人。』

『可是……』女孩的面容有些遲疑，她怯怯地看著我，『就算是這樣好了，為什麼人類進得來呢？』

『因為安慈公是半妖！』

『咦？半妖？』她瞪大了眼，小嘴因為驚訝而微開，『真的嗎？』

「呃嗯，算是啦，」考慮到站著跟她說話可能會帶給她壓迫感，我直接在草地上坐下，順便把紙妖扔到一邊去，「我有一半是妖，嚴格說起來不完全算是人類。」用另一個角度來說，也不能算是妖怪就是了。

『一半啊……』聽到我這麼說，她挪動身子稍稍靠近了我一點，歪過頭看了半晌後，訥訥的問道：『那，是左半還是右半呢？』

啊？左半右半？

「呃、」這要我怎麼回答啊？「那個，我想應該不是這麼分的……」

『娃娃，這妳就有所不知了，』被我扔到旁邊的紙妖爬了回來，興致勃勃地在它的小旗子上寫著：『這個問題啊，應該是要分上半還是下半才——』

「——才不是這樣！」我一秒把紙妖的旗子拍下去，「你不要在那邊灌輸錯誤觀念啦！」

『可是書上都寫著人類男性是用下半身在思考的啊……』

下半……「你平常到底都在看些什麼書啊你！去看點有營養的啦！」

『有啊，我有看臺灣美食雜誌，裡面超營養的喔！』

「不是那方面的營養！」怒吼，我覺得我快爆走了！「我指的是能豐富你內涵的東西！

內涵啊懂不懂？」

『懂啊。』紙妖點點頭，然後旗面上顯現出一整串辭典裡會出現的那種關於「內涵」的官方注釋，甚至還附上了注音跟照樣造句的範例。

深呼吸、吐氣。

天將降大任於斯人也，必先苦其心志勞其筋骨餓其體膚空乏其身……

看著那幾行注釋，我欲哭無淚的開始在腦內默背孟子他老人家的教誨，試著讓自己的血壓降回正常值免得到時候爆血管。

是我要求太多了嗎？真的是我要求太多了嗎？蒼天啊！你讓這張紙跟在我身邊到底是想要逼死誰啦……（痛哭流涕）

『噗！』

就在我深刻的對紙妖感到絕望的這個時候，我聽到了一個嬌俏的噗嗤聲，是那個小女孩。

『半妖先生跟紙爺的感情好像很好呢，好好玩的樣子，』她說，臉上的笑顏比花還嬌豔，雙手爬啊爬的又往我身邊靠近了一點，『該怎麼稱呼呢，嗯……安慈公嗎？』

「不，叫我安慈就好。」

『好的，安慈公。』燦爛，女孩的回答跟當初的青燈一模一樣。

「……唉，隨便妳啦……」掩面，我真的無法理解妖怪們的稱呼習慣，為什麼非要在名字後頭加個「爺」啊「公」啊不可呢？啊！等等，所以說這種時候我該慶幸自己被稱為安慈公而不是安慈爺嗎？

有沒有這麼悲傷啊，我今年才大二耶，一個正值青春年華的學生被這種稱呼法叫來叫去的，人還沒老心都先被叫老了。

『唉呀？』突然，小女孩湊到我身邊像是小貓似的嗅了嗅，這個動作讓我想起第一次見到青燈時她也是這個樣子，奇怪，妖怪的鼻子構造難道跟人不一樣嗎？我怎麼就聞不出自己哪裡有味道啊？

渾身僵硬的讓女孩聞聞嗅嗅，聞完之後，她看著我發出了困惑的疑問，『真的是宓姬奶奶呢，安慈公身上除了一點點妖的味道之外，還有宓姬奶奶的味道，安慈公見過宓姬奶奶嗎？』

宓姬奶奶？誰？

『這裡，有宓姬奶奶的味道。』指著我的包包，女孩說。

我馬上聯想到她口中說的宓姬奶奶是誰，因為包包裡頭，有妖仙的殘骸，「嗯啊，昨晚的時候見到的，她讓我給妳傳話。」

『傳話？是什麼話呢？』眼底映出了純然的單純，女孩盯著我瞧。

看著這樣的目光，講真的，我有點說不出口，可是受人之託忠人之事，在躊躇了半晌之後，我還是硬著頭皮開口了：「那個，妖仙她……今年不會過來了……」

『咦？』愣，女孩大大的錯愕了，『今年不來了嗎？』

「嗯。」

『這樣啊……也是，宓姬奶奶是妖仙嘛，應該有很多事要忙的……』小小聲地猜測著，她的臉上閃過一陣落寞，但是很快又拾回了笑容，『沒關係，等明年就是了。』

痛。

聽見這樣的說法，我的心底如遭針刺，痛得我幾乎無法面對鏡妖的微笑。

「明年……她也不會來了，」咬緊牙關，我搭上她的肩膀，「後年、大後年也不會，她不會再來了！」

不會再來了。

『……什麼意思？』鏡妖的眼神有些空洞，她茫然地看著我，清冷的微風在此時伴隨著洛神花香飄過，順著這陣風，一枚殘留著微弱氣息的鮮紅花萼從我的包包裡緩緩騰空，向著鏡妖飄去。

看到那枚豔紅，鏡妖的雙眸倏地瞪大。

不忍心看到她悲傷的神情，我只能用力閉上眼睛，耳邊傳來枝葉搖曳的沙沙聲響，周遭迎來一陣充滿了洛神氣息的香風。

風輕輕地吹過，彷若低語般。

『娃娃，來，讓哀家看妳這最後一眼……』

青燈・之七 落花

風起琴鳴 遠颺 旋舞落硃砂
花落朱顏 剎那 流水轉霜華

洛神的香氣猶如曇花一現地迅速淡去，鮮紅的花萼在芬芳散盡的同時落上了地，掉在鏡妖的面前。

我手下搭著的纖弱肩膀隱隱透出顫抖，稍稍睜開眼，我看到鏡妖小心翼翼地將地上的花萼捧在手心，盈滿眼眶的淚水再也抑不住地滴落。

『宓姬奶奶……為什麼會這麼突然……』看著掌中的妖仙殘骸，她悲傷的說，小臉滿是不解，『怎麼會突然消亡了呢？奶奶明明已經入了仙籍，不該會這樣的啊……』

的確，本來是不該這樣的。

雖然我不知道登入仙籍的妖平均壽命有多長，但我想，如果洛神花仙沒有將自己的「道」盡數散化獻給山林的話，她應該還能活很久很久才對，至少，不會現在就消失。

看著傷心的小鏡妖，我有些欲言又止，在猶豫了半晌之後，儘管知道在現在這個時候將實情說出來可能只會讓對方更傷心，但我還是決定要將一切告訴她。

因為我希望她能知道，妖仙並不是毫無意義地死去，不但如此，她一直到完全消散的最後一刻為止，臉上都還帶著微笑。

那幸福而滿足的笑臉，就宛如拂去黑夜的破曉般閃耀。

「她是在今天凌晨時消亡的，只是這份消亡可能跟妳所想的不太一樣。」於是，我開口了，講述起妖仙之所以會逝去的原因，講著那片山林對妖仙所為的敬意跟感傷，甚至，我連自己是半個青燈的事情都說了。

聽完之後，鏡妖臉上的悲傷被一陣錯愕給取代。

『青燈？』杏眼圓睜，她驚詫地看著我，聲音不知怎麼地有點抖，『安……安慈公，是青燈嗎……那我、我是不是也要消亡了呢？』

啊？

這下換我愣住了，愣完之後才想到為什麼鏡妖會出現這種反應，我忘了青燈這個存在對妖怪來說就好比是人類看到無常，居然這麼沒神經的直接講出來，我也太沒自覺了點，慌忙之下，我急忙安撫小鏡妖：「不是的不是的，我只是來傳話而已，妳很好，妳沒事，妳還會活很久的！」

『這樣嗎……』

「嗯！」應該吧，這是一種直覺，既然身為半個青燈的我有這種感覺的話，那大概不會差太多，「妳啊，要到好久好久以後才會歸青燈管，時候還早得很。」拍著她的頭，我試著露出安撫性的微笑。

這樣的保證得到了不錯的效果，小鏡妖臉上的神情明顯放鬆下來，她對著我笑了笑，然後低下頭看著掌中的花萼：『那個……安慈公……』

「什麼事？」

『如果可以的話，這個能不能留給我呢？』將妖仙的殘骸稍稍捧起，她滿臉期盼地看著我，『我實在很想留點奶奶的東西在身邊，所以這個……能不能放在我這兒？我會很小心地保管的，絕對不會弄丟！』

欸，基本上不是弄不弄丟的問題。

我有些為難的看著小鏡妖，「這個，妖仙她消亡之前有說，希望可以把她的遺骸埋在梔子花樹下，所以……」可能的話，我比較希望照著妖仙的希望去做。

『梔子花？』聞言，鏡妖下意識地看了旁邊那株乾枯的樹木一眼，嘴一癟，眼淚差點又要掉下來，『奶奶真的這麼說嗎？』

「嗯。」這種事情沒必要騙人。

『晚了、晚了一步啊……』

「什麼晚了一步？」

『爺爺的梔子花已經枯掉了，這事還沒能來得及告訴奶奶呢，』眨著淚眼，小鏡妖說的有些哽噎，『怎麼偏偏是在這個時候……』

「爺爺？」這又是誰啊？「也是花仙嗎？」

『不是，爺爺跟娃娃一樣，都是鏡妖，爺爺跟奶奶是好朋友，奶奶說，她當初是受了爺爺的拜託，才知道爺爺還認了我這麼個孫女兒，』吸著鼻子，小鏡妖露出了回憶的表情，『爺爺最喜歡的就是梔子花了，為了讓娃娃也能看見，所以特地在這裡弄了一棵梔子花樹出來，宓姬奶奶每次過來看我的時候，都會同我一起在這樹下待好久好久的……』

她們總會一起坐在樹下唱著小曲，一起從鏡中看外面的世界，一起分享著這段時間的點點滴滴，然後在妖仙到來的那幾天，鏡世界裡的梔子花總是會開得特別美，特別香。

聽她說到這裡，我大概知道是怎麼回事了，憑著這段話再加上我下午時候夢見的那場夢，如果還猜不出是怎麼回事的話那也未免太遲鈍了點，雖然不太明白那些親世代之間有過怎樣的故事，但洛神妖仙肯定是希望自己能葬在這鏡世界的花樹下的。

「這個，沒有辦法恢復原狀嗎？」站起身，我伸手摸著那棵乾枯的樹，「既然是妳爺爺弄出來的，那麼也是做出來的複製品吧？不能重新注入活力什麼的嗎？」

『不成的，那畢竟不是出自我手的物件，』搖頭，小鏡妖看著那棵枯木，乖乖地坐在原地讓紙妖拿著不知打哪來的衛生紙幫她擦去臉上淚痕，『讓它維持現在這個模樣不消失已經是我的極限了，而且也不知道還能撐多久……』

「這樣啊，」傷腦筋，有沒有什麼兩全其美的替代方案呢？例如說在這個地方找另外一棵差不多的……想到這，我立刻左右張望了一下，周遭遍布著翠綠，有各種不同的花草樹木，但是都沒有發現我要的，「奇怪，這裡沒有其他梔子花了嗎？」

我問，然後只見小鏡妖的身體僵了一大下，頭也低了下去。

『沒有其他的了，爺爺的那個是唯一的一棵……』她說，聲音很輕很輕，沒等我問為什麼，她就繼續說了下去，『鏡妖只能複製出親眼見過實體的事物，而我從未見過真正的梔子花……沒見過的東西，我做不出來。』

沒見過？

這話讓我有些懵了，我比著那棵枯掉的樹，「但妳不是看過這棵樹嗎？這樣也不算有見過？」

『不算，』女孩有些沮喪的搖頭，『鏡裡的影像，再怎麼逼近真實也都不過虛影而已，就算是爺爺做的也一樣，看再多也沒有用，我必須見到真的才行，最好還能親手碰觸過。』

那樣做出來會更像。

「嗯嗯，也就是說，只要能讓妳看到真的梔子花就行了？」

『嗯，但是圖書館周遭都沒有梔子花，而我一但離開這個鏡世界的話，就連要自行移動都有困難，這個樣子，根本沒辦法出去找花，』垮下肩，鏡妖看著自己那扁塌的裙子嘆氣，『都是因為我這份缺陷的關係，如果我有腳的話，就可以帶著本命鏡到處走了……』

她淡淡地解釋著，試著讓我知道她的難處。

對於無法在外行動自如的她來說，只有待在屬於自己勢力範圍內的鏡世界裡才是安全的，這個範圍並不是指特定某個區域，而是由各種鏡子所構成，只要她順利跟一面鏡子搭起連結，那麼這面鏡子就會成為她的「地盤」，讓她能自由的穿梭其中。

當然，不是每面鏡子都可以連結的，已經成為他人地盤的鏡子不行，已經開始生成自我靈智的也不行，必須要是乾淨的、願意接受她的鏡子才能被連接，如果想擴大「地盤」的話，就必須走出去尋找能納入自己旗下的鏡子才行。

所以她的勢力範圍一直都不大，連圖書館內的鏡子都是她費了好大的工夫才連結起來的。

『其實我也努力過很多次了，可不管怎麼做，我就是變不出腳來……』低喃著，她的聲音小了下去，臉上閃過了一絲落寞。

看見鏡妖這樣的表情，我的心底又是一陣心疼，幾乎是反射性的，一句沒經過大腦的話就這麼脫口而出：

「我來當妳的腳吧！」

我說，然後看到了兩隻妖怪同時錯愕的看向我。（至於為什麼我看得出一張紙到底錯不錯愕，這個問題很簡單，因為紙妖都會把自己的心情寫在臉上，比方說這個時候，它身上就大大的顯示出震驚的顏文字，只要有長眼睛的都看得出它現在很錯愕。）

『安慈公……當我的腳？』

愣愣地，鏡妖眨著可愛的雙眸盯著我瞧，在這剎那間，我彷彿看到了眼前有一個挖好的深坑在對我招手，接著我就義無反顧的跳了下去，而在我跳下去之後，才發現這個坑根本是我自己挖給自己跳的。

總之，事情就這麼決定了。

在經過一番這樣那樣的計畫之後，我跟紙妖離開了那個鏡世界回到了廁所……我知道場景突然跳回廁所實在很詭異，但是這點並不是我能控制的，根據鏡妖的說法，她所連結的鏡子裡頭能讓我整個人穿過去的鏡子很少，除了廁所的鏡子之外就是幾個比較大的穿衣鏡。

但穿衣鏡擺放的位置通常都比較顯眼，也常有人經過，所以只好挑了一個沒有人的廁所把我們送回去，不然要是讓人瞧見有人從鏡子裡走出來，那可能會變成新的圖書館七大不思議，像是——

『——廁所裡的花子嗎？』紙妖迅速舉旗回應，看著這回應，我賞了它一記白眼。

「並不是，花子的故事跟鏡子又沒有什麼關係。」

『喔，那……廁所裡的安慈公？』

「……」我沒有說話，只是用很冷很冷的視線朝紙妖看過去，然後默默的掏出了隨身攜帶的青燈牌打火機，「嚓」地轉出了一點火星。

『對不起！』紙妖一秒道歉，『小生知錯啊啊啊安慈公請息怒！』

『噗！』女孩子的嬌笑聲從我包包裡頭響起，聽到這笑聲，我不禁嘆了口氣。

「不好意思，讓妳看笑話了，」收起打火機，我隨手從包包拿出一面從大創買的那種三十九元便宜小鏡子，打開上頭的蓋子，鏡子裡頭映出的不是我的臉，而是鏡世界裡頭的秀麗風光，「真的只要這樣就可以帶著妳走了嗎？」

『是的，只要這樣就可以了，』捧著跟我手中一模一樣的鏡子，鏡妖的影像出現在鏡子裡頭端坐，臉上是甜甜的笑，『謝謝您，安慈公，紙爺說的沒錯，您真的是個好人呢。』

好人啊……

……唉，我的心情好複雜。

「不必客氣，只是舉手之勞而已……」哀傷的闔上鏡蓋，我對於老是被妖怪發卡的自己感到很無奈，「不過現在晚了，可能要等明天以後才能找時間帶妳去看花。」

『沒關係，我很擅長等待的。』她這麼說，讓我對她的憐愛又多了一分，一直都待在鏡子裡的她，肯定是經常一個人吧？

邊想邊將隨身鏡子收回包包，這時，我的腦中突然靈光一閃，抬頭就直接對著洗手檯那邊的鏡子開口：「對了，以後我就叫妳娃娃好不好？」她可愛的像個洋娃娃，會讓人想這麼喚她。

『咦？』鏡妖的聲音呆了呆，『可以是可以，但為什麼……』

「因為我看紙妖是這麼稱呼妳的，娃娃，很可愛的感覺哪～跟妳很搭呢。」

『……安慈公過讚了。』靜默了一下後，鏡妖的聲音小小的傳了過來，接著不知道是害羞還是什麼其他的原因，鏡子裡不再有話傳出來。

糟糕，是我太唐突了嗎？

摸摸鼻子，我尷尬的扯扯嘴角步出廁所，而腳一踏出去，迎面而來的就是剛開始遇到的那個圖書館小姐，她驚訝的看看我再看了看廁所，露出了些許憐憫的表情之後，對我點頭示意一下緊接著就快步推著她的書車離開。

是說，為什麼要用那種同情的眼光看我啊？

我有些莫名奇妙的看著小姐離去的背影，眼角餘光瞄到了圖書館的時鐘，上面的時間顯示現在是晚上七點四十五分……

「……咦？七點四十五?!」

瞪著那個時間，我有些不敢相信的抬起手腕確認，而我的手錶也很盡責地顯示出相同的時間，天啊！我在鏡世界裡頭待了快三個小時?!有那麼久嗎？我覺得頂多只過了半小時左右而已啊！

啊！等等，所以說剛剛那個小姐之所以會用那種同情的目光看我，是因為她以為我蹲了快三個小時的廁所嗎？

在這個念頭閃過腦海的當下，我的第一反應就是想要追上去澄清自己並沒有在裡面蹲三個小時，開玩笑，一個普通人要是真的拉了三個小時的話怎麼可能還有辦法站在這裡？早就送醫院去了啊我說！

想是這麼想，但我最後還是沒有追上去，因為我發現自己想不出其他更好的理由來解釋一個沒在上廁所的男人為什麼要在廁所裡窩三個小時。

所以就讓這個誤會美麗的隨風去吧……嗚呼。

含著英雄淚，我搖搖頭舉步離開圖書館，在走到圖書館門口的時候，那個小姐還很關心地看了我一眼，對我說了句「保重身體」。

……

面對這樣純然的善意關切，我真的不知道該哭還該笑。

走出圖書館，我將背包裡那些看完的資料書投進外頭的自助還書箱，接著就趕緊加快步伐去買阿祥那小子要喝的飲料。

等我順利買完飲料再走回宿舍，已經快八點半了。

「好晚喔，安慈，我等到花都要謝了。」眼光緊緊盯著電腦，阿祥目不斜視的接過我手中的飲料，另一手抽了張衛生紙擦眼淚。

「只是晚了一點而已，有替你買就不錯了還挑，」順利把飲料交出去後，我好奇的湊過去看他的螢幕，上頭是ＰＰＳ播放器，至於正在播哪齣……我不知道，阿祥把頻道表收起來了，「你在看什麼啊？哭成這樣很難看耶。」

男子漢大丈夫的，有淚不輕彈啊！

「唉唷，你不懂啦，」抽抽噎噎的，阿祥邊擤鼻涕邊把吸管插進珍珠奶茶裡，「這個女主角愛得好辛苦啊，明明就喜歡這個男的，卻只能看著他跟其他女人結婚，還得當伴娘耶！超揪心的啦……」說完，阿祥又擤了一次鼻涕，吸了一口珍珠奶茶。

說真的，我實在不懂阿祥的哭點，這段劇情在我聽來只覺得是人魚公主的現代改裝版，也許還有部分的加油添醋，偏偏他就是能看得津津有味外加哭得稀里嘩啦的。

而且對於這類型灑滿狗血跟肥皂泡泡的劇情，阿祥可說是百看不膩，之前還跟我強力推薦什麼什麼人生的跟幾片我有聽沒有懂的韓劇，我都說沒興趣了，他還硬是要把檔案塞過來，這個舉動差點弄爆了我的D槽。

天可憐見，我的D槽可是還有滿滿的三百五十G的空間啊！居然能被影片檔案給塞到快爆的地步，讓我不禁在心底高呼：阿祥！你到底是收了多少片子啊？

那些檔案當然都在我燒成光碟之後通通砍了，至於為什麼要燒成光碟，當然是做給阿祥看的，不然他絕對會把我煩死。

有鑒於再繼續旁觀下去可能會被人抓著討論劇情，我很識相的閃回自己座位開電腦，連上網路之後開始查詢關於梔子花的可用情報。

梔子花……梔子花……

一邊在心底默念著，我在搜尋引擎上打上了這個花名開始找，搜尋結果當然是會出現一些我不想看的比方說民宿資訊、梔子花香水、保養品……等等的，甚至還有天空影音。

糟糕，跟流行資訊脫節的我還真不知道那是哪首歌，不過沒差，我要找的不是那個。

點開一個叫做梔子花小檔案的網頁，我開始瀏覽。

「喔？花期是四月底到六月啊？」真是太剛好了，現在離四月底不是太遠，差不多正是開花的時候，「高雄的話要去哪裡看咧，我找找……」追加「高雄」這個搜尋項目，我繼續瀏覽網頁，順便往下看看這個梔子花長什麼樣子。

一看，我就呆了。

因為那正好是我在下午的夢境裡看到的白花……這會不會太剛好了啊？我突然覺得這整件事情越來越有八卦的味道了，就在我推敲的這時候，阿祥一把鼻涕一把眼淚的轉過椅子來。

「安慈！我跟你說！這部你一定要看！」

又來了，每次阿祥看完一部片之後對我說的第一句話肯定是這個，我聽到都會背了，「知道啦，你檔案給我一份我會燒成光碟備份起來的。」然後供奉在那裡積灰塵直到天荒地老。

「不是啦，我跟你說喔，女主角真的超悲情的，她跟這個新郎新娘三人是很要好的朋友，但是——」

「——停！」我擋住了阿祥的滔滔不絕，他每次看東西看到太激動就會想要對我灌輸愛的劇情教育，如果不強行把話題掐斷的話，在阿祥牌大聲公的肆虐之下實在很難保證我的耳朵不會聽力受損。

除了這個原因之外，我今天會阻止阿祥繼續說下去的理由還有另一個，那就是……這個劇情跟橋段會讓我忍不住把下午那場夢境裡出現的人們給套進去……可惡，什麼片子嘛，沒事幹嘛弄什麼兩女一男三人行，害我起了奇怪的聯想。

「嗯?安慈，你怎麼又在看花了?」揉著發紅的鼻子，阿祥滑動椅子的滾輪整個湊過來，「這次又是啥?梔子花?你查這幹嘛?」

「這個，有點事情啦……」

「什麼事?」

「呃，」糗了，又是一個沒辦法實話實說的東西，這該怎麼回答才好?難道又要把失散多年的兄弟姐妹那套給搬出來嗎?這種話說一次還行，第二次還用同一套的話……不管了!「我妹說她想看梔子花，所以我想這個週末帶她去看。」我說，臉不紅氣不喘的唬爛。

「喔喔喔!原來是妹妹大人啊!」聽到我這說詞，阿祥馬上兩眼放光，「沒問題!包在我身上吧，這個梔子花啊如果要在高雄看的話，去公園找就會有了，我記得高雄都會公園那裡……喏，這是介紹網頁。」搶過我的電腦操控權，阿祥熱心異常的三兩下找出賞花資訊。

對於他這份熱心，我不得不保持高度警戒。

「阿祥，話先說在前頭，我不會讓你跟的。」開玩笑，讓他跟去還得了，這種情況下要我去哪裡生一個妹妹出來啊?

「咦咦?幹嘛這樣?是不是兄弟啊?」

「這跟是不是兄弟沒有關係，」如果我真的有妹妹也絕不會帶你去的，何況現在是在唬爛，「難道你想打擾我跟我妹的久別重逢嗎?」

「你們已經重逢過了，現在是培養感情的時期，你會需要一個懂得吐槽跟搞笑的朋友在身邊的!」挺。

「不必了，我妹生性害羞怕生，你去了我怕她會不自在。」

「怎麼會呢，像我這麼老實中肯不做作的人，去了絕對沒問題的，還附帶暖場功能……」

「說不行就是不行。」

「那至少這次帶照片回來！合照啊合照，兄妹合照是一定要的吧？」

「我的相機壞了。」

「我的借你！」一秒速答，阿祥反手就抓了他的相機塞到我手上，滿臉的認真誠懇跟說出來的話完全不成比，「拜託你了，大舅子！」

「誰是你大舅子啊！」少在那裡攀親帶故！

「別這樣說嘛，我們都同寢這麼久了……」

「這跟那是兩回事！」怒。

如此這般低端的爭吵一直到晚上就寢的時候才宣告結束，阿祥的韌性跟不屈不撓實在是我生平僅見，所幸最後還是讓他打消了跟去的念頭，不然我真的不知道該怎麼辦。

熄燈時，我把那面隨身鏡子也帶上了床鋪，跟青燈牌打火機一起放在枕頭邊，打火機上頭的青燈圖示還是睡著的，嗯，妖怪有需要這麼長的睡眠嗎？還是說引完路之後會特別累？但是我並沒有什麼太大的感覺啊……難道是青燈自己一個人扛下了大半的負擔嗎？

想到這個可能性，我有點擔心起來，拿著打火機，覺得叫醒她也不是，不叫醒她又有種問題梗在心底的感覺。

『沒事的唷，安慈公，』舉著紙牌，紙妖從我眼前晃過去，『附於人身乃至操縱人身都是需要耗費不少心力的，青燈只是不習慣這樣的消耗，所以需要休息而已～』

「這樣嗎？」

『當然，因為我是一張好紙，好紙寫的字是不會錯的！』

「是嗎？但你的『休』多了一劃。」變成「體」的簡字了。

『啊！』震驚，紙妖迅速把那個字塗掉。

唉……這樣算是白目還是兩光啊？噢，可能是兩者都有，看著紙妖，我不禁搖頭嘆氣地做出了這樣的結論。

躺在床上，我翻過身抬手輕輕敲了敲放在枕邊的鏡子，輕聲低喃：「娃娃，再等一下，我一定讓妳看到花。」

鏡子靜靜地散出了微光，沒有說話，但是我知道她聽到了，看著那陣光，我的眼瞼漸漸重了起來，沒三兩下就進入了夢鄉。

我又夢到了那三個人，跟之前的夢境一模一樣，我看到在白花雨中旋舞的女人，對著女人吟著情詩的男人，還有佇立在一旁靜靜微笑著的洛神。

若宓妖仙、娃娃的宓姬奶奶。

妳說，妳真的很喜歡梔子花，但，說出這句話的妳，究竟是懷抱著怎樣的心情呢？

憶起洛神的話後再看著這場夢境，我的心底沒來由地泛起一陣酸楚，雖然是這樣幸福的場景，我卻在睡夢之中溼了枕頭。

早上醒來時，只覺得胸口一陣沉悶，摸了摸臉頰才發現我居然作夢夢到哭，這還是破天荒的頭一遭，不過這幾天下來我已經經歷太多破天荒了，對這類事情也就不會太驚嚇。

今天的上午一二節是空堂，所以可以睡得比較晚，不過因為我昨天下午有睡過的關係，今天早早就起床了，反觀阿祥……那傢伙昨天看韓劇看很晚，大概要等到上課才會醒吧。

拿起枕邊的鏡子跟青燈牌打火機，我打著哈欠爬下床，然後眼尖的看到打火機上的圖像已經睜開了眼，喔喔喔！這是？

「青燈？醒著嗎？」晃了下打火機，我問道，緊接著一陣煙霧從打火機口噴出，然後迷你尺寸的青燈飄了出來，在空中伸了個懶腰。

『日安，安慈公。』

「早！」雖然只是快一天沒見而已，我卻覺得好像很久沒見到青燈了，「妳還好嗎？紙妖說附身很耗心力，現在還很累嗎？」

『休息過後，奴家現在非常好，多謝安慈公的關心，』彬彬有禮的揖禮，青燈說，然後驚訝地看著我手中的鏡子，『那鏡子……有妖？』

「嗯啊，這個有點說來話長啦……啊哈哈……」搔搔頭，我將昨天發生的事情一五一十的跟青燈說了，聽完之後，青燈微微皺起眉頭，這讓我有種大事不妙的感覺，因為當青燈皺眉的時候，就表示她要說教了。

『安慈公，以身為一個青燈的立場，奴家必須提醒您，與其他妖者有過多的接觸對吾輩而言是弊多於利，也許短時間看不出來，但長期下來是會有巨大影響的，逝去妖者的遺願固然令人同情，但安慈公若要一個個的去完成，那豈不是……（下略）』

青燈叨叨絮絮地說教著，我只能乾笑地讓這些話左耳進右耳出，放下鏡子之後轉進浴室刷牙去，一邊洗漱還得一邊點頭稱是，這還真是辛苦啊我。

刷著牙，我有點呆滯的聽青燈講座，講到某個程度後，青燈突然停了下來，小臉露出了沉思的表情。

「僅摸了？」因為刷牙關係，我有點口齒不清。（翻譯：怎麼了？）

『沒有，只是突然想到，其實安慈公這樣也就可以了。』

「嘎？」等下，妳剛剛那堆長篇大論呢？

『安慈公是青燈的同時也是人子，不該被青燈之間的規範所拘束，那樣的話，身為人子的安慈公就太可憐了，』一本正經地，青燈定定的看著我，『所以，除了青燈的任務以外，安慈公想怎麼做就怎麼做吧。』

她說，然後嘴角勾起了柔和的弧度。

這好像是我第一次看見青燈露出這種微笑來，讓我一時之間有些看呆了，如果紙妖沒有在後面舉起『賀！妖怪十大風景線之一：青燈的微笑，誕生！』的橫幅的話，我想我會就這樣含著牙刷繼續看下去。

「鼻在這裡破壞氣昏啦！」（翻譯：別在這裡破壞氣氛啦！）

我一掌把紙妖巴飛，迅速結束了衛生清潔後，回到座位開始處理這個禮拜要交的報告，因為這週末要撥一天要去找梔子花，本來排在週末要弄的報告得先搞定才行，我跟阿祥不一樣，不喜歡臨時抱佛腳，報告啦作業啦什麼的反正遲早都得作完，那麼早點弄完它總比拖到死線要好。

至少不會被教授扣分。

抱著這樣的心情，我這幾天把自己泡在報告跟作業堆裡，至於阿祥，他不知道去哪抱來了一堆新片開始沒日沒夜的狂看，有時後看到緊要關頭甚至不惜蹺課也要看下去，最誇張的是他居然在短短幾天內哭掉了十來包的柔情兩百抽……

一個大男人的淚腺發達到這種程度也算是很少有的了。

不過這些都還好，最讓我錯愕的是紙妖跟青燈也一起跟著看了啊我的媽啊囧！這讓我每天上完課回到寢室都會看見渾身溼透的紙妖（哭濕的）跟滿臉不懂的青燈。

紙妖還好，它哭過就沒事了，頂多變成濕紙巾而已，但青燈她基本上還沒有想起太多的情感，那些狗血芭樂的劇情她看得是滿頭霧水，本來我是以為她應該會直接放棄不看的，但沒想到紙妖跟阿祥這兩個傢伙看得太有共鳴了，讓她忍不住想去弄懂戲裡到底在演些什麼。

於是，基於那認真無比的頑固個性，青燈開始一邊跟著看一邊很詳細的將劇情做筆記，甚至將不懂的地方標上紅線之後才拿過來問我……

看到那疊匯聚了所有肥皂泡泡跟狗血芭樂的筆記，再看到青燈那一臉認真的等待我講解其中不合理之處的臉，我表示壓力很大，真的。

然後時光匆匆來到週末。

為了避免阿祥騎機車跑過來跟蹤，我很直接地跟他借機車鑰匙斷絕了他的機動力，順便再把特意去找來的賺人熱淚經典片之『一公升的眼淚日劇豪華珍藏版DVD』塞給他，哼哼，這傢伙光看電影就看到快哭死了，相信這個珍藏版的可以讓他哭上一整天出不了門。

接過那套DVD，我感覺到阿祥的手在顫抖。

「左安慈……你這邪惡的傢伙，」咬牙切齒地，他的表情混雜著猙獰、痛苦、期待跟其他亂七八糟的元素，看起來超精采，「這套日劇我一直都不敢去找來看的，當初看完電影版以後我就決定不去沾這部日劇了，現在你居然……」

嘿嘿，看來是上鉤了。

「為了感謝你借我機車，我昨天特地去借的，如何？你之前不是常說總有一天要來挑戰不流淚紀錄嗎？用這片試試看吧，反正你看過電影了，對這部的哭點會比較有抵抗力。」應該。

「沒想到你居然會為了跟妹妹獨處而做到這個地步……你果然是妹控！」阿祥悲憤的大喊道，接著就很不爭氣的衝回座位打開光碟機，然後打開珍藏版的盒子拿起第一片放進去，「去去去！慢走不送！回來的時候記得幫我買幾瓶寶礦力！」

「還寶礦力咧，」我失笑，這麼早就預知自己會需要補充水分了嗎？「那我走啦～謝謝你的機車～」

阿祥沒回話，只是敷衍的揮了揮手，徹底進入了看片模式。

咩哈哈哈，一切都按照計畫進行。

我得意的在心底竊笑，盤算著回宿舍的時候可能還得補個兩袋柔情，不然我怕阿祥會把寢室裡所剩不多的存貨給用光。

高雄都會公園並不會很遠，跟之前衝去臺東的程度比起來，這簡直就是小兒科中的小兒科，當我騎車抵達那裡的時候，時間差不多是下午兩點多，四月的高雄基本上已經是夏天了，太陽的威力不容小覷，這讓我微微冒起汗來。

停好車，我頂著一頭已經去給家庭理髮廳修剪過的頭走進公園的範圍，說真的，如果沒有讓人修剪過的話，我還真沒有勇氣直接走到這種戶外地區。

公園裡有零星的人們在散步，也有慢跑的、牽著小狗的，我一邊這些人們當中穿梭，一邊尋找起花來。

青燈並不是很喜歡這種劇烈的陽光，所以避在打火機裡頭沒有出來，反倒是紙妖可歡的，它直接偽裝成我手上的紙扇，光明正大的讓我拿著曬太陽。

『啊啊～陽光！真好，小生最喜歡這種能把紙曬得暖洋洋的太陽了……』在紙扇上用隱形墨水寫道，紙妖在扇面上附加了飄飄然的符號，『曬得真舒服啊～』

是是是，很舒服。

我不是很感興趣的附和，對於頭頂上的大太陽除了熱之外沒有什麼其他特別的感想，「梔子花……在哪裡呢？阿祥那小子該不會騙我吧？」他明明說這邊會有啊。

我嘟囔著繼續走，這個公園不大也不小，至少一時半刻走不完，邊走邊觀望四周，我努力地找尋梔子花的蹤影，在繼續走過一小段路後，我的鼻間傳來一陣芳香，這份香氣讓我放在的包包裡的鏡子響起驚喜的聲音。

『香味！安慈公，就是這個香味！』鏡妖的聲音有點激動，我這時也放慢了步伐，循著香味來到開有白花的樹旁，伸手掏出鏡子並打開上頭的蓋子，讓鏡子能映照出花樹的身影。

手中的鏡子彷彿在顫抖般震顫著，一陣虛抖之後，鏡妖的整個人從鏡裡跌了出來，直接坐倒在樹下。

「娃娃！」小心啊，看到娃娃就這樣摔出來，我心一驚，彎身就要去探個究竟，但彎到一半才想到現在這裡眾目睽睽的，這種舉動實在很怪異，只好立刻偽裝成要綁鞋帶的樣子，免得招人側目，「妳沒事吧？」

『嗯，沒事，謝謝您，您真的讓我看到花了……』

「哪裡，小事一樁啦。」跟妖仙做的事相比，我這種程度的幫忙只是點雞毛蒜皮，「這樣的話，就做得出花樹來了吧？」

『嗯！』用力點頭，小鏡妖在陽光下笑得燦爛，襯著上頭飄落的幾片熟黃花瓣，這份笑容顯得更加亮眼。

看著那抹笑，我的心底漾起了一種莫名的滿足，之後，我讓小鏡妖搭著我的肩膀，陪她走過半圈的公園路，看了許多花花草草之後才騎車離開，在回到學校宿舍的途中，我接受鏡妖的邀請繞去了圖書館一趟，穿過廁所（……）的鏡子後再次來到了鏡世界。

一株充滿生機的梔子花立在原先枯去的槁木旁，此刻正怒放著白花。

鏡妖的手上捧著妖仙殘留下來的花萼，旁邊放著兩個小圓鍬，看著那個小圓鍬，我大概知道她在想什麼，大概，是想跟我一起埋下花仙的遺骸吧。

沒有多說其他的，我靜靜地上前撿起那個圓鍬，跟她一起在花樹下挖鑿著，紙妖很難得的沒有出來搗亂，反倒是折了一朵又一朵的紙花，等我們將花萼埋好之後，就替那微微攏起的小土堆獻上一朵朵雪白的紙花團。

做完這一切後，我站起身看著那座擺滿了白花的小墳，一直懸在心底的石頭終於放下了，因為，雖然妖仙早已經由燈杖的指引渡了橋，但對我而言，唯有現在這樣才能算是真正完成了對洛神妖仙的「引渡」。

鏡世界裡揚起一陣香風，耳邊響起陣陣琴聲，低頭一看，才發現是小鏡妖拿出了古琴在彈，我不知道她彈的是什麼曲子，只覺得很好聽、很溫柔。

心底的某個地方動了，在這剎那，我突然覺得我已經可以用另一種心情去面對自己身為「青燈」的事實。

吶、青燈……

迎著風，我微微瞇起眼在心底呼喚著，視線中的梔子花樹變得有些迷茫。

『奴家在。』

如果可以的話，我想要繼續用這樣的方式當一個「青燈」，妳覺得呢？

『奴家以為，甚好。』

是嗎？

『是的，安慈公。』

聽著在腦海裡的回答，我露出了寬心的笑，腳邊，紙妖還在那裡做著一朵又一朵紙花團，然後，也許是我眼花了吧，因為在小鏡妖的琴聲之中，我彷佛看到了一個穿著白色宮服的絕色麗人端坐在梔子花樹下，笑臉吟吟地看著我，優美的唇瓣輕啟，彷佛在對我說……

……謝謝。

當晚的夜裡，我又夢到了妖仙，但是這次的夢只有她一人。

我看到她穿著那白色宮裝，在盛開的梔子花樹下，旋舞落花。

卷一　青火現世　完

青燈・外一章

番外之一《鏡妖思》

她一個人待在鏡子裡已經有很長一段時間了，噢不，說人可能有點奇怪，因為她是個妖怪。

沒錯，她是妖怪，是由供奉在宗廟中的八卦鏡所孕育而出的一只鏡妖。

有人說自承受香火的器皿中誕生的妖，因為精魂之中多少會沾染到神氣的關係，所以他們的能力會特別強，但是這個理論在她身上似乎看不到一星半點的驗證。

妖族對於誕生總是欣喜的，尤其是當一個承受了香火的妖誕生時，因為一個有能力的妖對同族的妖輩來說是一種保障、維護同時也是驕傲，所以只要是與這樣的初生者相類似的妖道在這種都會前來祝賀。

她出生的時候就是如此，那天，她看到了很多族人捧著鏡子前來，來到她的鏡世界爭相要看她，她感受到族人們一開始看到她的欣喜若狂，接下來是錯愕，然後是失望的離去。

其中還混有同情的目光。

她不懂，為什麼大家要走呢？

只有一個老者歎息地拍了拍初生的她。

『可惜了，可惜啊……』老者有著一把白花花的大鬍子，他慈藹的拍著她，『不是妳的錯，是大夥把期望放得太高，卻沒人發現那面鏡子早已出現了破損……乾卦不穩震卦損，天地相呼應，坤因此招折，震損、澤動，唉……』

乾卦不穩，表剛健不足。她的性格軟弱。

坤卦招折，她修行的道路不會太順暢。

震卦損，天生不利於行。她只誕出了上半身，沒有腿，注定無法行走只能在鏡世界穿梭，待修行小成後也許可以稍微離鏡飄飛，但天生的缺陷令她永遠不可能化出雙腿來。

動澤，易喜易憂，當真亦喜亦憂。

『難啊，真難為妳了。』老者愛憐的拍了拍她，但是她完全不懂老者在說些什麼。

『爺爺……您說的話好難，我不懂……』

『啊，那就不要懂吧，有時候啊，什麼都不知道的過日子才是最好的呢～呵呵呵……』老者捻鬚而笑，然後在她身邊坐了下來，『小娃娃，老爺子也一大把年紀了，不想再到處走動，小娃娃這裡借小老兒住上一陣可好？爺爺我會付租金的……』

『嗯，好啊，不用租金也沒關係，』她笑，剛出生的她很渴望有同族的陪伴，『爺爺要陪我呀？』

『當然，小娃娃這麼可愛，老爺子才不像那些勢利妖怪一樣，看完妳就跑，連個禮物都沒留下……』老者嘀咕的嘟嚷道，然後掌心一敲，『啊！對了，禮物，此等大事定要給禮物的！』

『禮物？』

『是啊，禮物，誕生當然要給誕生禮嘛～我想想啊，這個應該很合適……』老者在自己的長袍大袖裡掏啊掏的，然後拿出了一小串玲瓏可愛的髮飾，遞了過去，『來，給，娃娃的頭上太樸素了，小老兒給妳加妝點。』

『哇啊～』她欣喜的接過那個漂亮的禮物，銀色的，作工精緻，可她不知道那是什麼，雖然長久以來在器中接受薰陶讓她得以在初生之際就能掌握語言跟詞彙，但她學到的僅限於宗廟會出現的東西，人世間還有很多東西很多名詞是她從未接觸也尚未學習到的，這髮簪就是其中一個，『好漂亮！爺爺，這是什麼呀？』

『這是花，梔子花，』老者指著簪墜上那精美絕倫的銀雕，『喜歡嗎？這是小老兒最喜愛的花。』

『花？』她呆了呆，花她見過，但是，『花不是會散出芳香嗎？而且我記得還要更柔軟一點……』她咬咬簪墜，嗚、這個好硬。

『啊、不是的不是的，小娃娃誤會了，』老者失笑，將她手上的髮飾接過來，『這個是髮簪，小老兒剛剛說的梔子花指的是上頭的銀雕，這髮簪啊，是頭髮的裝飾品，用來插在頭髮上讓妳看起來更可愛的，吶，像這樣。』

老者信手一轉，將髮墜簪上了她的頭，然後翻出一面鏡來，『看，很可愛吧？』

『嗯～～～』她瞪大的眼睛看著鏡面，這樣就叫做可愛嗎？有些不太懂，但是她喜歡這個禮物，收人禮物要道謝的，所以她模仿著那些前來朝拜宗廟的人類，朝老者拜了下去，『謝謝爺爺。』

唔喔喔喔！

老者的心大力震動了一下，立刻一個側滾翻避開了她的大禮。

『小娃娃，這禮不能隨便拜啊！』
『咦？』為什麼？『人類都這麼拜的啊……不對嗎？』
呃，這該怎麼回答？
『小娃娃，妳知道妳的本命鏡待的是什麼地方嗎？』
『人們說是宗廟。』
『那妳知道宗廟是拜什麼的嗎？』
『不知道。』一秒。
……
『咳咳……小娃娃，這個宗廟呢，一般是人類用來祭拜先祖用的，雖然妳待的這個特別大，但基本功能都是一樣的，所以……』
『所以這個禮是拜祖先用的？』
『對，』聰明，『就是這樣。』
『那你來當我的爺爺不就好了？』
『咦？』老者瞪大了眼。
於是，小鏡妖在誕生的那天，得到了一個爺爺，而老者在那天，賺到了一個免費的孫女兒，一老一小就這樣待在鏡中生活，避開了外頭的種種紛爭。
『娃娃啊。』一天，老者將她找來。

『什麼事，爺爺？』

『爺爺要跟妳說一件很重要的事情，妳要好好記著啊，』當了人家爺爺那麼久，居然現在才想起這種重要的事情，老者深刻的覺得自己也太鬆懈了，『娃娃，總有一天爺爺會離開這裡。』

『咦?!爺爺要去哪？』她緊張的抓上老者的袍子。

『這個嘛，天下沒有不散的筵席，爺爺也不知道什麼時候離開，但是……』臉色一正，老者很慎重的扶著她，『老朽活了這麼長的歲月，只認了妳一個孫女兒，當初是不想讓妳捲進奇怪的爭鬥，所以沒傳給妳什麼太精深的道，這些年來也都避居不出，繼續這樣的過日子，應該可以做到與世無爭的地步無虞，可是……』

『可是？』

『可是這樣娃娃就要一直孤單一人了。』

『我有爺爺啊。』她眨著大眼，不懂為什麼自己會淪落孤單。

『老朽總有一天會消亡，到時候妳怎麼辦？』

『消亡……』她小嘴微張，然後驚怕地衝進老者懷裡，『不要！爺爺不要消失！我不要你消失啦！』

『萬物生靈皆有終，老朽也不能例外，』老者淡淡的說，然後他斂去淡然，滿臉寵溺的將小鏡妖抱起，開始在這鳥語花香的鏡世界中漫步，『娃娃呀，爺爺跟妳說，妖的一生啊好長好長的，如果總是一個人走下去的話，那樣太寂寞、太寂寞了。』

『所以可以的話，等爺爺離開之後，娃娃要踏出去找些朋友，或者找個……伴。』有點咬牙切齒的說出最後那個字，老者似乎很想把「伴」這個字生吞活剝，卻又不得不說出來，一想到可能有哪個路邊的壞妖怪把他家小娃娃拐跑他就一肚子火大，可實在是捨不得這孩子在他消亡之後得孤零零的走下去……

傷心人總想尋求寂寞的慰藉，卻不知寂寞最是傷人。

『爺爺，什麼是伴？』

『這個伴嘛，就是會很疼妳，很照顧妳，在妳哭的時候會逗妳笑，在妳傷心的時候會讓妳開心的人，』老者笑著說，然後來到梔子花樹下，『但也不能一直撒嬌，要記得君待我何，我何待君的道理。』

『所以伴就是對我好的人？』

『重點是妳要喜歡他，他也要喜歡妳，兩者要互相信任扶持，而且在一起的時候要能歡喜了才叫伴，』老者頓了頓，有些不甘願的繼續道，『當妳遇到了這種人，才可以把名字交給對方，知道嗎？』

名字對妖怪來說是很重要很珍貴的，交付姓名就表示交付了完整的信任。

『嗯……』小腦袋似乎沒辦法消化這麼多資訊，她想了想，然後揪了揪老者的鬍子，『爺爺難道不是我的伴嗎？』

『咳咳咳！』老者被自己的口水狠狠嗆到。

『不是嗎？娃喜歡爺爺，爺爺也喜歡娃，我們交換了名字，跟爺爺在一起也很歡喜的啊。』

『呃……』慘，一時之間他居然無法反駁，『這個，娃娃還小，這裡頭說的喜歡跟妳現在說的喜歡是不一樣的，那種喜歡啊，是會臉紅心跳的……嗯，總之等娃娃遇上了就會懂了。』

『嗯？』

『噢，』似懂非懂，然後，頭上飄下了梔子花，『爺爺。』

『爺爺有伴嗎？』

『有啊，當然有，是個兇起來很潑辣的人啊～』他苦笑，『但爺爺最喜歡她了。』

『不是最喜歡娃呀？』小娃娃吃醋了。

『欸，』語塞，『所以爺爺剛剛說啦，兩種喜歡是不一樣的，這種對伴的喜歡呢，叫做愛，』老臉微紅，老者輕咳了一下，『老朽這輩子只愛過她一個。』這點小老兒挺自豪的。

『愛？』那又是什麼？

……好難解釋，『妳遇到之後就會懂了。』

『那爺爺的伴在哪？我能瞧瞧嗎？』

『可以啊，當然可以。』老者笑道，抱著她就靠著梔子花的樹幹坐下，一手往衣懷裡掏去，然後，他拿出了一面鏡子。

裂成兩半的鏡子。

『這就是爺爺的伴，』帶著緬懷的口吻，老者說，悠遠的眼神，『她一直陪在老朽身邊，從未離開過。』

『啊……』看著那面鏡子，小鏡妖驚呼，輕輕碰觸那破損的鏡面，一種對她來說太過濃重的悲傷襲來，讓她頓時淚流滿面，『嗚……好痛……好痛喔……』心好痛，像是被什麼銳利的東西反覆戳刺一樣。

『哎呀，小娃娃別碰、別碰啊！』這鏡裡盈滿了老者的傷心淚，雖然已經過去了很久，悲傷淡了些，可依舊不是小娃娃能承受得起的，他趕忙將鏡子拿開，苦笑的替小鏡妖擦淚，『真是個小笨瓜。』

『爺爺，有伴會這麼傷心，為什麼還要找伴？』淚痕未乾，她困惑的看著那面裂鏡。

『這個嘛，』枯瘦的手指留戀的撫摸鏡面的裂紋，老者笑，『失去雖然難過，但如果沒有遇見過她，肯定會更難過的。』

『我不懂……』既然知道會這麼傷心，為什麼還要呢？

『娃娃，妳覺得有爺爺好，還是沒有爺爺好？』

『當然是有爺爺好！』

『那麼，娃娃，妳會因為不想承受爺爺消亡時後的傷心難過，而寧可不曾遇見爺爺嗎？』杏眼圓睜，小鏡妖呆住了，過了半晌才點頭，『……我懂了。』

『好乖，爺爺的娃娃最~聰明了，』老者摸著她的頭，只見小鏡妖將臉整個埋進他胸膛中，抽咽了起來，『娃娃乖，莫哭莫哭，時候還沒到呢，爺爺還可以陪娃娃走上一陣……走上好一陣……』

老者順著她的髮，小鏡妖的低泣聲輕輕地響遍了這個鏡世界。

後來，爺爺真的在過了一陣子之後，趁著她熟睡之時離開了她的鏡世界。

只留下了一張字籤、一朵花然後是一面小小的掌鏡。

字籤是老者親手所提，花是老者跑去外面世界摘來的梔子花，掌鏡……應該是成年禮，但是老者自覺等不到那個時刻了，只好留下來給她。

「謝謝」，這就是籤上唯一寫著的兩個字，然後在右下角有著封印了妖力的落款，是給小鏡妖護身用的，老者雖然不問世事許久，但怎麼也是個大妖了，交友廣闊處處都有情面，在離開之時也拜託了不少地方，如果有妖想要傷娃娃，在那之前得先惦惦自己的分量。

小鏡妖寶貝的抱著老者遺留下來的東西，哭了好久好久，最後她小心翼翼的將東西通通封藏至她的本命鏡深處，連同字籤、花、掌鏡跟爺爺最初送給她的那個梔子花簪飾，一併封藏，鏡在她在，只要鏡子沒破，只要她還活著，就永遠不會遺失這些寶物了。

然後朝代更替。

她所待的宗廟遭到了流寇的侵襲，整個被破壞，所有具價值的東西都被搜括，其中，包括了她的本命鏡。

由於先天的缺損，即使過了這麼長的時間，她還是沒有修練到可以脫離鏡子帶著本命鏡避禍的程度，所以只能被動的讓那些流寇給帶走，離開了那個她待了快兩百年的地方。

兩百年了，轉眼之間，從她誕生起已經快兩百年了。

她現在總算有些了解為什麼當初那些族人會看著她失望的離開，因為她是注定無法有所大成的妖怪。

一般普通的妖，在經過兩百年的歷練之後，怎麼樣也要能幻化出其他樣貌了，就算不能很完美的化人，好歹能化出點人樣，但她卻不行，儘管她自初生的那刻起就先天的擁有了人姿，即使少了雙腿也算是擁有了人的模樣，但百年過去了，她依舊做不出其他變化。

外表的一切看過去都如同初生之時那般，毫無改變。

就像是被什麼停住似的，毫無改變。

「道」的進展也極其緩慢，她現在如果現身妖世，可能還是會被人當成初生小妖來看待，雖然這不足兩百年的歲數對很多妖者來說也是只算小兒科就是了。

光陰如梭流過，鏡妖的鏡子不斷的被轉手轉手再轉手，在不知道經轉了多少地方之後，來到了距離大陸很近的小島上，時代還是紛亂著，究竟過了多久？兩百年？三百年？亦或是四百年？征戰依舊持續，只是頻率的不同而已。

但那些她全都不在乎，因為跟妖無關，她只要聽著爺爺的話，乖乖待在鏡子裡頭，就不會有事。

至於爺爺說的希望她能踏出去找伴……她一點也不想去找，雖然那是爺爺的希望。

光是失去了爺爺就已經很夠了，她不想再來一次，不過，她會試著踏出去找「朋友」。

後來幾經輾轉，她的本命鏡被一座很大的圖書館拿了去，因為是有點年代的圖書館了，館長聽說她這面鏡子具有鎮煞驅邪之效，所以讓人將鏡子安放在內，她也就此定居下來。

當一個地方適合妖物生存時，那塊地方就會聚妖，這個圖書館似乎就是這樣的地方，而她這面「聽說」可以鎮煞驅邪的鏡子呢……嗯，鬼跟妖畢竟是不太一樣的東西，她的鏡子的確能擋鬼鎮煞，但對妖就沒有太大的防備。

不但沒有，有時甚至還會反過來保護妖道……畢竟鏡子裡住了一個她，見到同伴有難，不管是不是同族，只要對方是無辜的，不幫上一把她總覺得有些過意不去，偏偏自己的能力又有限，所以她只能試著保護這座圖書館裡的妖，幾百年來她什麼都沒學好，就只有結界學得還可以。

從館裡自己離開的她護不到，但是受了傷想進來避避的她就可以幫。

因為這樣的作為，她慢慢有了朋友。

雖然她還是以前那個修練不出什麼精深道法的小鏡妖，但是這裡的同伴都願意接納她，她喜歡這裡，因為她在外面有朋友，在鏡世界裡有她的一番小天地，每隔一段時間還會有爺爺的老朋友來看她。

她過得很快樂，然而有一天，在她鏡世界裡頭的那棵梔子花樹枯萎了，那是爺爺的妖力所形成的樹，她的鏡世界裡頭的第一棵樹，爺爺留給她的樹，在經歷了這麼長的歲月之後終於耗盡了妖力，再也支持不住地萎去。

想再造一棵一樣的出來，但是她辦不到，鏡世界裡頭的她是能隨心所欲沒錯，可裡頭所有的東西她都必須親眼看過才有辦法具現，而她沒瞧過真的梔子花，所以完全不知道該怎麼讓花樹重生。

本命鏡被放置在圖書館內，她離不開這裡，圖書館周遭又沒有梔子花，就算她想看也看不到。

花謝了，再也不會開了。

她非常的傷心，因為那是爺爺留給她的很寶貴的東西，就這麼沒了。

自從爺爺離開之後，她就很少哭泣了，因為她知道就算哭也沒有用，但這次她哭了，而且哭得亂七八糟。

她想起了爺爺。

躲在圖書館角落的鏡子裡頭偷偷哭著，本命鏡的位置太明顯，出入的人也太多，所以她跑到了這裡來，本以為這個地方不會有人發現，但是，不會有人發現，不代表不會有妖發現。

『妳怎麼了？』

一張紙條飄了過來，上面寫著這幾個字，這讓她呆了一下，『……誰？』

『我是紙妖，妳怎麼了？』那張紙立了起來，繼續顯字給她看，『為什麼要哭？』

『花……』

『花？』

『爺爺留下來的梔子花……謝了……再也不會開了……』她說，吸著鼻子，『我、我沒看過真的梔子花……沒……沒辦法變新的出來……嗚……』想到這，她哭得更兇了，『你說，我是不是……是不是……再也看不到梔子花了？』

『別哭啊，別哭嘛，』看到她哭得更傷心，那張紙整個慌了起來，在鏡子前面轉了半天之後，突然一溜煙的飄開，只留下一張字條：『等我一下。』

『？』她看著那張紙咻地不見紙影，過了半晌之後，那張紙用氣勢萬鈞的姿態衝回她躲藏的鏡子前。

『回來了，』紙身上寫道，『我給妳花，妳不要哭。』

『咦？』這張紙在說什麼啊，這裡是圖書館，它要怎麼給她花？她困惑著，然而下一秒，那張紙給了她解答。

那是一場花雨。

很多很多白色的、小巧的花憑空而降，一朵朵一朵朵慢慢的墜地，在這個圖書館的小角落堆出了一層白色的花海。

一瞬間，漂亮得讓人差點忘了呼吸。

『啊……』她不敢置信的看著那些花，那是梔子花，是梔子花沒錯！可是為什麼？為什麼會有這麼多梔子花？

忘了要哭泣，她著迷的看著那白色的花雨，雙手伸出鏡子想出去，卻忘了自己沒有腳，而這面鏡子離地面是有點距離的，一時之間，眼看她就要直接摔撲在地，這讓她驚呼地閉緊了雙眼——

——啪！

『啊咧？』沒有迎接到想像中的疼痛，跌倒的聲音也不太對，她睜開眼，發現身下墊著很多張紙，那些紙非常努力的撐著她飄在半空中，抖了很多下之後才順利著地，是那張紙妖，而著地之後，她墊著紙張坐在地上看那滿地的花，拾起其中一朵，這是……『紙花？』

她驚疑道，環顧四周，滿滿的、滿滿的，她被用精緻到以假亂真的梔子花給包圍，然後在不斷落下的紙花雨中，她看到了紙妖，還有紙妖身上那還沒消去的字。

『我給妳花，妳不要哭。』

『你……』特地為了她去做這些紙花嗎？素昧平生的，為什麼要對她這麼好？她的心裡盈滿感動的情緒，然後，她看見紙妖身上的字消失了，重新出現其他的字。

『知道嗎？』它寫道，『這種花的花語，是「我很幸福」喔。』

我很幸福。

看到這四個字，她瞪大了眼，然後遙遠的記憶浮上心頭，爺爺留給她的寫著『謝謝』的便籤，然後是放在便籤上的梔子花……

……娃娃，謝謝，我很幸福。

『啊……』這才是爺爺真正的留言，她居然到現在才知道，到現在才知道！

她伸出手，捧了滿掌天降的花。

爺爺，你很幸福嗎？

看著掌中滿滿的紙花，淚水模糊了視線，紙妖似乎又在慌慌張張的寫些什麼，但是因為淚水潰堤的關係，她的眼前糊得什麼也看不清，只曉得那張紙有點笨拙的試著拍拍她的肩，然後不知從哪弄來了一大堆衛生紙給她。

她似乎沒那麼難過了。

在大哭過後，她有些不好意思的向紙妖道謝。

『謝謝你……紙妖先生……』她怯怯地說。

『不客氣，給妳花，』紙妖將紙花串成一小串，別上她的髮，『妳笑起來很可愛，要多笑，會更可愛。』

……咦？

一股熱氣突然地襲上臉頰，心跳快了一拍，她別開視線，卻看到了鏡中的她，髮上別著可愛精巧的梔子花串，手中捧著滿滿的花，然後，滿臉通紅。

昔日，爺爺的話莫名的鑽進腦中。

這個伴嘛，就是會很疼妳，很照顧妳，在妳哭的時候會逗你笑，在妳傷心的時候會讓妳開心的人。

咦？

那種喜歡啊，是會臉紅心跳的……

咦咦?!

『那我走了喔，拜拜。』看到她已經沒事，紙妖揮揮手就要離開。

『等、等一下！』捧著那些花，是他嗎？他會是她的伴嗎？她急急的喊住紙妖，像是鼓起了極大的勇氣，『你……你……你叫什麼名字？』

『？』問號充滿了頁面。

『啊……對不起……那個，果然第一次見面就問名字是很失禮的嗎……』看到那滿滿的問號，她羞窘地垂下頭盯著紙花。也對啦，連人類都不一定會因為萍水相逢就交換姓名了，何況是相當重視名字的妖呢，她這樣真是太失禮了，『真是對不起，那個，算了，當我沒問好了……』

反正都活在同一個圖書館裡，以後認識深了，總會有機會知道名字的，她在心底這麼想著，然後——

——『白禾。』

『咦？』突然，她一直盯著的紙花顯出了這兩個字，這讓她心頭一驚，連忙抬頭，周遭在這瞬間突然刷地出現了數量驚人的紙張，將兩人重重包圍於其中。

『我叫白禾。』紙妖的身上這麼寫道，紙頁紛飛，而她驚喜莫名，『你呢？』

『啊！我、我是緋蘭！』她說，然後在梔子花雨下露出了燦爛的笑容。

幸福的那種。

爺爺，娃娃好像找到伴了……

番外之一《鏡妖思》完

番外之二《紙妖的報恩》

我，是一張紙。

正確來說，是一張由紙張化形而成的妖怪。

因為活的時間實在太過長久，所以早忘了自己今年多大歲數，不過沒關係，因為紙是看不出年齡的，所以在各種方面無論何時何地我都可以很正氣凜然的寫出「年齡不重要」這五個字。

至今唯一的遺憾大概就是沒有嘴巴，不過這也沒關係，我多的是方法讓人類或同伴知道我想幹嘛或者我在幹嘛。

打從誕生以來，我就一直安分守己的窩在各種書本裡，這裡看看那裡晃晃的，日子很悠哉但我覺得沒什麼不好……

時代在推移，我在輾轉之中從大陸來到了小島，朝代在更換，但書還是一樣的，而我只要有書就好，人類那點破事跟妖無關。

後來，我「定居」在一個很大、書很多的圖書館裡。

這個定居呢，對妖來說有兩種意思，一種是被外力拘束在某個地點，一種是自己不願意離開某個地點，而我是兩種各摻了一半。

不知道為什麼，在某一個時間點過後，這些存放書籍的建築物上頭所放置的鏡子啦什麼的，會有意無意的擋著我不讓我出去，這讓我百思不解，恰好當時的我跟館內的鏡妖建立了一點交情，就嘗試著問她原因，但她也支支吾吾的說不出個所以然來。

嗯，沒關係，反正我本來就沒打算離開這個地方，所以就乾脆繼續「定居」下去了。

日子照樣過，時間慢慢在流動，然後就在某一天，我感覺到了某樣東西。

我的「死期」到了。

再過不久，青燈就會來接我，意識到這一點，我先是跟圖書館裡的妖道朋友們報信，畢竟一起生活了那麼久，說聲再見是禮貌，在跟上上下下有交情的朋友們都提過之後，我跑去圖書館二樓專門記載諸多「我們的」事蹟的那櫃，將有關青燈的記載重新讀過一遍。

我將自己泡在裡頭，想說乾脆就在這裡迎接自己的消亡，雖然沒辦法在死前享受一次真正的陽光，不過這樣也不錯了，因為我還有這麼多書陪我，還有這麼多紙陪我，甚至，還有妖道朋友們在陪我。

我不寂寞。

我這麼想著，然後某一天，就在我泡在書本裡的時候，有個人拿起了我藏身的這本書，開始翻了起來。

這個人看得到我。

「步履如煙，煙袖為手足，持青燈，行必有雲霧相伴……」那人目不斜視的念著書本上的字，然後像是對這文謅謅的字句感到困擾，小小聲抱怨道：「為什麼不能講得白話點呢？」

他看得到我，似乎也摸得到我的樣子。

這讓我感到很稀奇，我已經有好幾百年沒遇過這樣的人類了。
噢不，等等，他似乎不完全是人類的樣子，雖然幾乎淡不可聞了，可他身上有一種只有妖才會有的味道，這個人類……是半妖？
臨死之前可以遇到一個半妖，讓我有點開心，這輩子我還沒真的瞧過半妖呢，也許這是老天爺對於我沒辦法在死前出去曬一次太陽的補償？
我這麼想著，而就在我想靠過去跟這人多親近一下的時候，一股莫名奇妙的吸力從我後方襲來。
「安慈？你好了沒啊？」
那個把我吸過去的傢伙說，而我驚疑未定，完全不知道為什麼我會被吸過去。
「你在找什麼啊？這裡都是些怪力亂神的東西耶，你信喔？」
啪嘰。我的紙緣裂出一個小縫。
你說啥！誰是怪力亂神了！是可忍，孰不可忍啊！
我憤怒的將自己張成全開大小，企圖要讓眼前這個渺小的人類感受到我渾身上下的王霸之氣，就算被半妖小子揮開也沒關係，看我的王霸之氣啊喝啊！
然而對方不但沒有察覺到這股氣勢，甚至還跟那個半妖在談笑間把我從這頭巴到那頭，再從那頭搧到下頭，當我憤怒的從下頭飄回上頭的時候，我看到了那個可惡人類的燦爛笑容。
唔喔喔喔喔！這真是太沒禮貌了！
當下，我立刻鑽進了這小子的書裡想要好好給他一個教訓，但是不管我在怎麼努力割啊

切啊的，最後奮鬥出來的最大成果居然是只能在他的死皮上弄出一個小縫……（黯淡）

這個打擊讓我差點要整個皺掉了。

但後來發生的事情卻讓我連皺掉效果都來不及做出來。

我、我居然被帶出圖書館了?!

目瞪口呆的看著外頭的陽光，我眼角泛著淚光（呃，這只是比喻，這樣寫總比「我突然像是受潮似的開始滴水」還要有fu吧？），心底，我大概知道是誰帶我出來了。

是這個身上有著莫名吸力的小子帶我出來的。

太好了、太好了，沒想到我死前居然還能曬到一次真正的太陽。

於是為了報恩，我整個下午都很奮鬥的替這個小哥印東西，雖然他一直在那裡埋怨什麼卡紙的，不過我想這兩個字應該是在感謝我吧？嗯，一定是這樣！

然後那位半妖的小哥，我也很謝謝他，因為是半妖小哥的朋友把我帶出來的，雖然第一眼看過去的時候會以為是女孩子，不過看久了之後倒也是英氣勃勃啊，我覺得雙馬尾比較適合他，所以還幫他弄了個很可愛的雙馬尾頭，哈哈，我真是一張好紙！

後來，半妖小哥說想見青燈，這讓我突然想起，我的死期似乎就是今晚了。

一瞬間，感傷湧上了心頭，我才剛出來呢，我還想多曬幾次太陽，我還想多看幾次藍天，但是時間是很殘酷的，我今晚就要消亡了。

有些沮喪，但是能夠在死前看到太陽我就應該滿足了，所以，我跟小哥說了，我能讓他見到青燈，因為今晚就是我的死期。

小哥也真是個好人，看到我在那裡傷心，竟然折了很多包紙給我玩，讓我好感動，真的。

所以，我在那個當下許願了。

如果有下輩子，我要一直跟在這小哥身邊，好好的報答這個小哥。

嗯，就這麼決定了！

番外之二《紙妖的報恩》完

小短篇《紙妖的小日記》

為了好好侍奉安慈公，我很用心的開始融入這個現代社會，但是每個時代都會發展出很多特殊的用詞，這讓我有些困擾，因為很多詞彙我想了半天都弄不懂，問青燈……連我這個混圖書館的都不知道了，青燈她不可能會知道的……

所以，某天課堂上，我很認真的問了安慈公。

『安慈公，這些詞到底是什麼意思啊？』我在紙上顯字給他看，試著表達出我的求學若渴，但，下一秒，安慈公不但把那些紙給撕了，還差點連我也撕了……

這是為什麼呢？那些字並沒有寫錯也沒有什麼問題啊。

至今我還是百思不解。

（附註：紙妖寫的字分別是人妖、男男、偽娘跟BL……）

小短篇《紙妖的小日記》完

後記

《青燈》一直是我很喜歡的作品，如今終於有機會讓它跟大家見面，實在是非常的開心，而隨著故事的前進，角色們的個性也會變得越來越鮮明，其中讓我頗為愛不釋手的角色的大概就是……紙妖吧！（爆）

每次寫到紙妖的時候心情就會變得非常好，老實說這真是一個可以讓人產生紓壓感的角色，當然對於安慈來說那可能是變相的壓力來源就是了，未來的紙妖還是會繼續活躍的！就請拭目以待吧！

然後必須提到一下青燈，當初最早的構想真的就只是覺得，人有所謂的黑白無常勾魂使者等等，那麼屬於非人的「那一邊」呢？應該也會有屬於他們自己的引魂人吧？

於是青燈就這麼出現了。

而在筆者所書寫的世界裡，青燈當然是不只一盞，只有一盞的話怎麼忙得過來呢？世界這麼大，燈燈們雖然移動速度很快但還不到瞬間移動的地步呀，所以未來說不定會有跟其他青燈碰頭的機會，到時候也許就能更明顯地看出現在「安慈＋青燈」跟純粹的「青燈」之間有什麼樣的區別了。

還有很多故事沒有出現，很多故事等待出現，就讓我們卷二的時候再見吧。

日京川　記於一個剛喝完布丁奶茶的午後

高寶書版集團
gobooks.com.tw

輕世代 FW039
青燈01青火現世

作　者　日京川
繪　者　kiDChan
編　輯　張心怡
校　對　王藝婷、許佳文、賴思妤
美術編輯　陸聖欣
排　版　彭立瑋
出　版　英屬維京群島商高寶國際有限公司臺灣分公司
Global Group Holdings, Ltd.
地　址　臺北市內湖區洲子街88號3樓
網　址　gobooks.com.tw
電　話　(02) 27992788
電　郵　readers@gobooks.com.tw（讀者服務部）
pr@gobooks.com.tw（公關諮詢部）
傳　真　出版部　(02) 27990909　行銷部 (02) 27993088
郵政劃撥　19394552
戶　名　英屬維京群島商高寶國際有限公司臺灣分公司
發　行　希代多媒體書版股份有限公司/Printed in Taiwan
初版日期　2013年8月

國家圖書館出版品預行編目(CIP)資料

青燈. 1, 青火現世 / 日京川著. -- 初版.
-- 臺北市：高寶國際, 2013.08-
面；　公分. -- (輕世代；FW039)

ISBN 978-986-185-881-4(第1冊：平裝)

857.7　　　102012680

三日月

三日月